MÈRE AGITÉE

« Ses enfants passent leur temps à l'appeler. Au nom de "maman", elle répond dix, trente, cent fois par jour. Et la plupart du temps, elle cueille les "maman ?" comme des fleurs des champs, ordinaires et miraculeuses, c'est son lot. Jusqu'à ce que le vase déborde... Alors parfois, sans crier gare, elle pose des yeux hagards sur l'un de ses enfants qui l'appelle ; elle est sourde et muette, elle voudrait qu'on la laisse tranquille, qu'ils se débrouillent sans elle. »

À travers sa vie quotidienne au contact de ses enfants, une jeune mère, agitée par l'ambivalence des sentiments qui la traversent, dévoile ses parts d'ombre et de lumière. Ce livre dit les bonheurs de la maternité, si forts qu'ils en deviennent parfois douloureux, cet « amour d'ogresse » qui pousse cette mère à s'enfouir dans la peau de ses enfants comme si son oxygène s'y trouvait. Mais cette chronique, délicate et juste, dépasse ce seul cadre pour évoquer aussi les doutes, la culpabilité, la désagréable impression de sentir la vie plus fragile en soi dès lors qu'on l'a donnée à d'autres.

Nathalie Azoulai a trente-cinq ans. Auteur d'ouvrages pour la jeunesse ainsi que de scénarios pour le cinéma, elle travaille actuellement dans l'édition. Elle a deux enfants.

DU MÊME AUTEUR

Les Cordées de Paris
(illustrations de Suzanne Lauret)
Éditions de l'Atelier, 1989

Quand Charlotte s'en mêle :
Une histoire de dentelières
(illustrations de Georges Pichard)
Éditions de l'Atelier, 1990

Héroïnes
D'après un scénarion de Gérard Krawczyck et Alain Layrac
Pocket, n° 10290, 1997

Nathalie Azoulai

MÈRE AGITÉE

Éditions du Seuil

TEXTE INTÉGRAL

ISBN 2-02-060413-2
(ISBN 2-02-054982-4, 1re publication)

www.seuil.com

À ma mère.
À mes filles.

À Nicolas.

Le temps des proverbes

Une amie malintentionnée lui a dit cette chose banale et grave : donner la vie, c'est donner la mort.

Des mois plus tard, alors qu'elle entre en salle de travail, elle se dit que, peut-être, donner la vie, c'est donner sa vie. Car elle croit bien mourir. En face d'elle, la sage-femme garde son calme. En découvrant sa blouse rose, elle pense que ces femmes-là ne savent mettre au monde que des filles puis, très vite, à des bêtises, pour oublier sa douleur. Les femmes de sa famille lui en ont pourtant raconté de bien belles au sujet de cette douleur, mais rien qui eût pu lui en laisser imaginer l'intensité. Elle ne survivra pas à la prochaine lame qui se prépare à enflammer ses reins, quoi qu'en dise la sage-femme. Que peut-elle comprendre à sa souffrance dans sa blouse de petite fille sage justement, trop sage devant son corps à elle, tout entier ravagé, voué à l'excavation ? L'autre est en train de lui dire que ça s'efface… Qu'est-ce qui s'efface ? Pas elle en tout cas, elle n'a jamais pesé plus lourd et, en même temps, elle se sent partir… Elle va mourir. Elle s'apprête à rendre sa vie pour qu'une autre advienne, un prêté pour un rendu, un échange bête et méchant, la monnaie de sa pièce. Une flopée de lieux communs emplit sa tête, comme des vétilles auxquelles suspendre son esprit pour oublier que la douleur va l'engloutir lui aussi. Les chats ne font pas des chiens. Les chiennes accouchent de petits chatons mais à la seule condition de mourir et c'est ce qui l'attend.

Une dizaine d'heures plus tard, son petit chat vient de naître et elle n'est pas morte. Elle a rendu sa mort pour donner la vie. Donner la vie, c'est rendre sa mort.

Le temps des proverbes a commencé.

Ses nuits

Son rêve lui est arraché. Elle s'éveille avec son pauvre oreiller entre les bras, une boule de matière molle, telle une cuisse ou un sein défraîchi, post-partum. Il pleure. Son bébé pleure. Un cri dans la nuit. Elle pense que, dans d'autres maisons, d'autres enfants poussent le même cri, suspendant le même rêve fatigué. Sa vision l'affole. Des appartements plongés dans le noir, transpercés de petites voix stridentes comme des coups de couteau dans le flanc des mères ; cohortes de femmes en éveil, jeunes ou vieilles, en pyjama froissé, chemise de nuit ou toutes nues, qui, si elles se donnaient la main, formeraient au-dessus de la ville une chaîne de sentinelles solidaires – une ligne de compassion tendue au-dessus des toits.

Dès lors que son premier enfant est né, la nuit a changé de couleur, perdant en opacité pour gagner en légèreté ; des nuits blanches et sombres à la fois qui trament un long couloir sans fin et dont les ombres chancellent tant qu'elles font vaciller le monde et tout espoir de lendemain. « Plus jamais tu ne pourras dormir sur tes deux oreilles » – comme si l'anatomie l'avait jamais permis, a-t-elle ricané la première fois avant de reconnaître dans la promesse funeste un commandement, une ligne de conduite pour être une bonne mère. Tendre l'oreille pour éventuellement déceler la douleur, la peur de l'autre côté du mur ; se tordre le cou en relevant une tête lourde pour deviner l'appel, le devancer ; s'extirper de la chaleur douillette pour aller se frotter à des cris incompréhensibles. L'altérité dans toute sa splendeur, au beau milieu de la nuit noire, quand vous êtes seule au monde à essayer d'apaiser la souffrance d'un parfait étranger qu'à d'autres moments, pourtant, vous comprenez mieux que personne – sauf à cet instant-là, parce que son cauchemar ou sa détresse n'appartiennent plus qu'à lui et que précisément, de votre corps, il est sorti depuis longtemps déjà.

Bien des nuits, elle songe qu'elle a donné naissance à un monstre.

Leur père

Ils jouent à se bagarrer sur le tapis du salon. Dimanche soir, pyjamas propres, cheveux lavés, prêts à repartir sur la route d'une nouvelle semaine après avoir pris une bouffée d'air familial. Elle en reprendrait bien un petit peu ? Oui, merci, bien volontiers, elle ne veut pas quitter le nid pour aller se jeter dans la fosse aux affairés volontaires. Elle ment. En réalité, le week-end l'a épuisée ; son travail la reposera. Donc le dimanche soir est plutôt un moment joyeux, contrairement à l'idée commune. Parce que c'est un soir de recommencement, un cycle qui reprend et qui lui donne l'impression d'être entraînée dans un mouvement général, cosmique. Elle et toutes les autres mères. Ça la rassure, c'est dans l'ordre des choses.

Les enfants rient aux éclats. Lui aussi. Elle les trouve magnifiques. Leurs ressemblances les enveloppent comme de l'air. Et elle, elle fond à l'idée que ces trois-là sont siens. Jamais elle ne regarde son homme avec tant d'amour que lorsqu'il rend ses enfants heureux. Il croise son regard. Il la surprend qui l'aime.

Le pédiatre

Au début, elle l'appelle tout le temps.

Pour des selles vertes, des boutons roses – purulents ? non, secs, comme des dartres –, des pleurs stridents. Pour un oui pour un non, surtout un oui, l'acquiescement du médecin qu'elle imagine en tenant le combiné, la tête qui dodeline à l'écoute de ses angoisses. Chaque fois pourtant il lui répond patiemment malgré les cris des nourrissons qu'il pose pour prendre son appel, comme s'il n'y avait qu'elle. Le deuxième de la journée, le huitième de la semaine, le quinzième depuis le début du mois. Elle est venue le voir en début de semaine pour une visite de contrôle et elle reviendra certainement avant la prochaine – elles sont mensuelles – parce que ses angoisses n'ont pas d'endurance. Trop de fragilité, s'imagine-t-elle, de signes inexpliqués, d'habitudes qu'elle n'a pas. Mais surtout, ce qui la terrorise, c'est que son bébé meure, qu'il ne résiste pas jusqu'à la prochaine visite ; elle a peur qu'il passe, comme on le dit d'un avortement décidé, que, tout vivant qu'il est, il bascule de l'autre côté avant qu'elle ait eu le temps de goûter la vie à travers lui.

Un jour, le pédiatre lui dit, sans impatience aucune et le plus courtoisement du monde – ça la sidère, cet aplomb –, que la meilleure façon d'apaiser ses angoisses, c'est d'en avoir un autre, tout de suite, dans la foulée, mais elle a déjà tant de mal que son imagination ne réussit pas à la porter jusqu'au seuil d'une deuxième naissance qui débouchera sur la probabilité d'une deuxième mort. Forcément. Elle se rappelle la phrase malveillante de son amie, donner la vie, c'est donner la mort. Comme dans les livrets de famille où chaque acte de naissance est aussitôt suivi de l'acte de décès. Chaque fois qu'elle regarde, ça la tétanise, cette succession immédiate.

Ce qu'elle a aimé au début, c'est cette force tranquille de médecin expérimenté, sa manière solide d'appréhender les bébés, y compris les tout-petits, sans peur ni fébrilité d'aucune sorte. Comme cette façon de les tenir en plaquant doucement sur leurs frêles membres ses doigts virils, velus, qui la rassure plus que tout, au point de rendre improbable tout mauvais diagnostic. Surtout au tout début, quand elle le voit promener le stéthoscope sur la petite poitrine, en écoutant, très attentivement, le souffle mince, en la faisant taire lorsqu'elle risque une question, pour ne rien perdre de ce souffle ténu, et elle, chaque fois, elle redoute le pire, s'imaginant que son bébé souffre d'une grave maladie pulmonaire ou d'une malformation cardiaque. Mais, de visite en visite, le pire se retire.

Grâce à lui. Elle apprécie tout particulièrement le sourire moqueur qui éclaire son visage lorsqu'il entend ses questions insensées, ridicules, car, à ce seul sourire, elle comprend que ces angoisses ne sont pas fondées et que son bébé va tout à fait bien. Enfin, elle ne peut pas s'en empêcher et, la fois d'après, elle recommence.

Un jour, en sortant du cabinet, elle se dit même qu'elle est tombée amoureuse de son pédiatre, qu'il exerce sur elle un ascendant auquel elle ne s'attendait pas, dont personne ne lui a jamais parlé. Et elle se surprend à s'arranger devant la glace, à troquer ses lunettes contre ses lentilles, à jouer les jeunes accouchées minces dans leur pantalon avant de prendre le chemin de sa visite. Elle s'amuse aussi, quand il est disposé à l'écouter au-delà du temps réglementaire, à lui parler d'autre chose que de son bébé pour tenter de le connaître lui, de l'approcher autrement, de se rendre séduisante à ses yeux en dissimulant son visage de mère. Et, entre deux visites, elle peut y croire. Parfois ça la réconforte de songer que quelqu'un sait recueillir ses frayeurs sans vraiment la juger, parce que, comme il dit, un pédiatre, ça soigne les mamans autant que les enfants ; mais parfois ça la panique parce qu'elle pense qu'elle est peut-être perverse, que c'est elle qui, inconsciemment, provoque les maladies de son bébé pour que justement elle puisse aller rendre sa visite au pédiatre ; son rendez-vous galant – le seul qui ponctue la noire traversée des tout premiers mois.

La sortie de classe

À l'entrée, ça se bouscule.

Des parents attendent leur tour pour dire leur mot à la maîtresse : une consigne, un horaire, une maladie, le prénom d'une nouvelle baby-sitter. C'est toujours d'un ou deux mots qu'il s'agit, histoire de ne pas passer pour des parents inquiets, intrusifs, ceux qu'on voudrait ne jamais voir. Puis c'est son tour. Elle, elle n'a rien à dire ce matin mais c'est la maîtresse qui lui a fait signe d'attendre. Et pendant quelques minutes, évidemment, elle imagine le pire : son enfant qui ne suit pas, qui frappe, qui s'isole, etc. Mais non, c'est pour la sortie, celle de la semaine prochaine, vous savez bien, le pique-nique, un parent vient de se désister, est-ce qu'elle ne pourrait pas se libérer une demi-journée pour les accompagner ? Exceptionnellement… Elle ne s'attendait pas à ça, pas du tout. Et jeudi, comme par hasard, elle a des rendez-vous importants, pris il y a des semaines. Elle se mord les lèvres, le bout des doigts. Elle a une tête de plus que la maîtresse et il lui serait facile de prendre son air intraitable en déclinant fermement. Au lieu de ça, elle danse d'un pied sur l'autre, regarde la salle de classe comme un paquebot sur le départ, baisse les yeux quand elle croise ceux de l'institutrice. Elle est embêtée, elle va essayer, elle aimerait beaucoup mais elle ne promet rien… Et la voilà qui file vers l'escalier, les jambes soudain lourdes de tous les paradoxes qu'elle trimballe, des croche-pieds de bon matin, de quoi passer une journée infecte.

Quand elle arrive à son bureau, elle sent son estomac qui se tord.

L'indifférence

Quand elle prend l'avion, c'est chaque fois la dernière fois, non qu'elle prend l'avion mais qu'elle voit ses enfants parce qu'elle est sûre de mourir, elle et eux. Elle refuse d'ailleurs de partir en avion sans eux pour ne pas risquer de les laisser orphelins. Et, quand elle est là-haut, elle est tétanisée, incapable de se mouvoir normalement, de parler ou de manger. Alors elle délègue, le temps du voyage, tous ses devoirs de mère à leur père, qui tâche de faire de son mieux. Mais les enfants la réclament. Son oxygène se raréfie littéralement à chaque nouvelle turbulence ; il lui est même arrivé de suffoquer, d'appeler l'hôtesse pour lui montrer son désarroi, mais aucune parole rassurante n'a jamais réussi à la calmer, il faut juste quitter la zone de turbulences.

Un jour, les secousses sont si violentes qu'elle saisit la main de son mari, par-dessus les deux têtes endormies, et lui dit qu'elle est certaine qu'ils vont périr. Elle croit vraiment vivre ses derniers instants mais, pour autant, elle ne se penche pas sur ses petits pour leur donner un dernier baiser, une dernière caresse ou, plus pathétiquement, les prendre dans ses bras, les respirer comme ses dernières bouffées d'air avant l'asphyxie. Paralysée, elle s'agrippe à l'avant-bras de son homme en regardant les coffres à bagages trembler au-dessus de sa tête. Et si l'un des petits se réveillait, elle serait tout à fait incapable de lui manifester le moindre geste tendre, elle le laisserait vivre la catastrophe sans elle, simplement à ses côtés. Les femmes et les enfants d'abord, les femmes sans leurs enfants… Mais le pire n'arrive pas. L'avion atterrit le plus normalement du monde et, lorsqu'elle entre dans le hall des arrivées, personne ne la regarde comme ce qu'elle croit être, une héroïne, une survivante.

Pendant des jours et des jours, elle revit ces instants où la peur lui donne la sensation d'être un magma d'organes en train de fondre et l'amertume lui serre le cœur parce que cette épreuve ultime a révélé sa vraie nature, celle d'une mauvaise mère. Dans l'imminence de la mort, ses dernières pensées ne sont pas pour ses enfants et, rivée à ses propres paniques, ils lui deviennent presque aussi étrangers que les autres passagers du vol. Ou peut-être préfère-t-elle se figer dans l'indifférence plutôt que de contempler, impuissante, la pulvérisation de leurs chairs si tendres.

La peur au ventre

Avant de les avoir, ils ont fait un grand voyage, leur dernier grand voyage en amoureux. Ils sont partis longtemps et loin, pour goûter l'aventure de la jeunesse, cette légendaire liberté qui forme les esprits verts. Mais, du voyage, elle ne se rappelle qu'une seule et immense image, celle du canyon flamboyant qui s'ouvrait devant eux, tel un ventre de pierre, aux bourrelets sédimentés depuis belle lurette et dont on dit qu'il est grand comme la Suisse, petit pays à l'intérieur d'un grand pays.

Ils arrivent tôt le matin, garent leur grande voiture de location près des cars de touristes trop pressés d'admirer le point de vue. Ceux qui marchent vers le canyon ne sont qu'une poignée, dont eux. Résolus et impatients, sauf qu'elle n'a pas dormi de la nuit, s'est gavée de Lexomil, s'est tordue mille fois entre les draps. Insomniaque au beau milieu de ses vacances : elle croit rêver.

Puis ils commencent à descendre entre les précipices, les ravins, les cailloux qu'ils heurtent de leurs pieds et qu'ils entendent dévaler. Il leur faut six ou sept heures pour atteindre le fond du canyon, le lit brun et tumultueux du Colorado. Elle marche d'un pas convalescent, il lui tient le bras, lui parle de choses et d'autres pour divertir son angoisse. De temps à autre, elle relève la tête, accélère la cadence, parvient à lui répondre. De temps à autre seulement car elle est raide, se sent aussi dure que la pierre qu'elle foule, les pans rougeoyants au milieu desquels ils passent avec l'étrange sentiment de franchir un gué improbable, d'être jetés en pleine mer Rouge, les Romains à leurs trousses. Il la soutient éperdument, avec tout son amour, toute sa puissance protectrice, il ne l'a jamais connue si souffrante, elle doit lui faire presque peur. Si, une fois, à la veille de leur mariage où il avait dû la conduire aux urgences les plus proches parce qu'elle ne pouvait plus avaler, sa gorge se serrait, elle étouffait, ni manger ni respirer ; on lui avait donné un calmant, on avait un peu levé les yeux au ciel car il y avait plus grave à cette heure avancée de la nuit, elle s'était assoupie sur un brancard, et puis il l'avait ramenée à la maison. Déjà, elle avait dû l'effrayer avec ses symptômes de possédée, d'hystérique débarquée du siècle dernier. L'angoisse la rend obsolète et effrayante. Elle le sait depuis toujours : sa force de transformation à elle, sa métamorphose monstrueuse, c'est la peur.

Mais, pour autant, son aide ne faiblit pas durant les longues heures de la descente, en pleine canicule, en plein mois d'août de ce climat continental. Le ventre est en chaleur et elle s'y enfonce. Enfin, ils s'arrêtent, tout au fond, pour manger un peu et, soulagée, elle a presque faim. La longue ascension qui les attend, la même chose dans l'autre sens, n'a rien à voir avec l'épreuve qu'elle vient de passer, elle n'aura qu'à ne pas regarder en arrière, elle n'aura qu'à fixer ses pieds comme si c'étaient ceux d'une autre et elle saura oublier les ravins, rivée à son seul but. Comme elle se sent plus légère, elle s'aventure vers les blocs de pierre qui leur bouchent la vue. Mais elle oublie le Colorado. Elle ne soupçonne pas que, derrière les gros rochers bien dessinés, gît encore le vide, plus énorme, plus affolant. Avec ce mince filet d'eau, une ligne ténue incrustée au centre de son délire, le fleuve des westerns et des films d'aventures. Elle vacille. Il accourt pour la rattraper sinon elle tombe. Son effroi caracole à la surface des pierres rouges. De grandes ombres titubent avec elle. Elle pleure sur son épaule, comme une enfant.

Un mois plus tard, elle tombe enceinte. Jetée en plein vertige.

La mère parfaite (I)

Chaque fois qu'elle la croise, elle la trouve resplendissante, détendue, bien habillée, etc. En un mot, parfaite. Sa vie lui paraît d'une rigueur douce. À chaque activité qu'elle décrit, elle a le sentiment qu'elle y est bien, qu'elle a fait son nid au milieu de ses quatre enfants ; quatre petits toujours revêtus d'habits charmants, coordonnés, à peine des vêtements d'enfants, songe-t-elle une fois en revenant du parc. Ils ne sont ni désobéissants ni capricieux ni antipathiques, des petits tout à fait exquis. L'autre lui propose toujours des tas d'occupations, de sorties, de goûters, de loisirs sportifs ou créatifs. Elle emmène sa ribambelle d'un pas solide mais, elle, elle n'a jamais le courage de la suivre dans ses périples. Trop de transports, de sacs à porter, d'horaires à respecter, de crises de nerfs en perspective, d'attente, d'impatience, trop de fatigue. Et chaque fois les yeux pétillants de son interlocutrice lui renvoient l'écho de sa pauvre plainte. Elles ne sont pas mère de la même manière, point barre. Devant elle, elle a l'impression d'être en haillons, comme si le temps de se faire belle lui manquait désormais tandis que l'autre y parvient merveilleusement ; d'être la plus pressée, la plus contrainte, mais aussi la plus faible avec ses enfants. L'autre garde son calme en toutes circonstances tandis qu'elle procède par accès, de tendresse ou de colère.

Quand il lui arrive d'accepter l'une de ses invitations et qu'elle se retrouve dans son appartement, elle en scrute le moindre recoin, comme à l'affût d'un secret qui lui tiendrait lieu de recette ; elle regarde les meubles, les livres, les ustensiles de cuisine, en respirant l'atmosphère paisible – une véritable odeur de famille – et en songeant que, très certainement, personne ne s'est jamais disputé entre ces murs. Lui reviennent alors les cris de son intérieur, de son mari, les siens, de ses enfants pris au milieu comme des otages, comme des proies, toute cette violence traversée par l'amour mais toute cette violence quand même. Ici, au contraire, tout est à sa place et, sur chaque objet, elle devine le geste de la maîtresse de maison qui l'a placé là parce que, en gardienne du foyer, elle en possède la géométrie et la physique.

Elles se sont souvent raconté leurs grossesses, leurs accouchements. Elle l'écoute lui dire comme elle aime être enceinte, comme elle s'y sent bien, comme elle garde sa ligne, sa sveltesse, son énergie et comme, à chaque enfant, elle a accouché en une heure de temps à peine. Ni césarienne ni épisiotomie ni aucune complication. Un corps fait pour ça en somme. Pour donner naissance à des enfants qui, dès qu'ils rentrent au bercail, apprennent à dormir toute la nuit, se régalent du lait de leur mère et deviennent vaillants et vigoureux. Viennent ensuite l'apprentissage de la propreté, la disparition des biberons, etc., toutes les étapes qui font grandir les enfants et qu'elle leur fait manifestement franchir avec enthousiasme.

En l'écoutant, elle se rend bien compte que, elle, elle fait tout le contraire. Sa fille aînée va avoir huit ans et elle continue à l'appeler son bébé.

Dans la nuit de dimanche à lundi

Elle se plaint de son mari, de sa mère à lui qui jamais ne l'a habitué à aider, à contribuer aux tâches domestiques, qui lui a lavé, repassé son linge jusqu'à ce qu'il prenne femme. Elle imagine parfois qu'elle le quitte pour vivre une vie sans homme où elle n'aurait plus à batailler pour qu'on l'aide mais, dès qu'il part en voyage, elle se plaint. C'est souvent le dimanche soir, pour de longs vols transatlantiques. Elle fait la forte, la stoïque et ravale dans le fond de sa gorge l'énorme distance, l'air glacé au-dessus des nuages, la nuit qui blêmit lorsqu'il bascule dans l'hémisphère Sud. Elle couche ses filles comme d'habitude, prépare les affaires pour la reprise du lundi, organise mentalement sa semaine, et lui vient leur faire d'intenses câlins, pleins de crainte de ne pas les revoir, de tomber du haut de son avion, explique à l'aînée pourquoi il part, la rassure sur de fausses idées d'abandon ou de négligence. Puis il boucle sa valise, vérifie mille fois ses papiers, son heure de départ, lui laisse sur une petite feuille les numéros de téléphone où elle pourra le joindre en faisant mine d'oublier qu'il lui faudra plus d'une nuit pour rentrer si, par malheur, elle avait besoin de lui. Elle le sait anxieux, coupable de quitter sa famille. Quand elle se sent forte, elle trouve les mots pour le réconforter, raviver son goût des voyages, mais, de temps à autre, elle manque de courage.

Elle n'aime pas qu'il les quitte en plein dimanche parce que c'est leur espace privé, leurs rituelles retrouvailles, l'endroit où ils s'autorisent à dévaloriser leurs affaires professionnelles, leurs ambitions, à les remettre à leur place, si petite à côté de leur vie de famille pour laquelle ils ont si peu de temps et de tranquillité. Et ce départ dans la nuit lui paraît devoir donner le *la* à toute sa semaine sans lui. Alors la nuit est longue, inquiète, lourde d'éventuelles catastrophes auxquelles elle doit faire face seule, en mère toute-puissante qu'elle n'est pas. Et dans cet interminable moment qui la sépare du lundi où de nouveau le mouvement l'entraînera et éloignera quelque peu ses fantômes, elle essaie de s'endormir en chien de fusil, tel un enfant perdu au milieu d'un grand lit. C'est comme si lui revenait son père désertant la demeure familiale, comme si elle était là pour veiller sur deux petites sœurs sans en avoir la force, la stature, l'autorité légitime. Devant lui et avec elles, elle n'est pas une mère mais son troisième enfant. La benjamine.

La césarienne (I)

Où apprend-on ces choses-là ? Sa mère les savait, pas elle. Elle ne les lui a pas dites quand elle était enceinte ou sur le point d'accoucher mais bien après, lorsqu'elle s'écrie pleine d'admiration pour ces femmes – des amies – qui ont accouché facilement. « Elles savent accoucher, elles ! » Merci, maman, une césarienne est un échec, une énorme faute de goût. Les médecins, eux, n'en parlent jamais ainsi. Elle leur sait gré de respecter l'incapacité sans la culpabiliser. Mais que répondre à toutes celles à qui elle avoue « Non, par césarienne » et qui lui retournent des « Ah » retors et désolés. Elle n'a pas pu, elle n'a pas su. Parce qu'elle a senti son corps brûler, résister, se fermer à cette poussée de vie qui n'en menait pas large du tout à l'intérieur de son ventre, un élan déjà confronté au détroit de l'angoisse. Alors ses petites ont attendu des heures entre ses cuisses, pour finalement perdre patience et la forcer à se rendre aux faiblesses de leur cœur. Comment aurait-elle pu résister plus longtemps ? Elle a beaucoup essayé, surtout la deuxième fois parce qu'elle s'y connaissait un peu plus – si peu en réalité –, s'est même livrée à un dialogue clandestin avec son bébé, à l'insu des sages-femmes, pour l'exhorter au courage, à la persévérance, à la confiance en elle, sa mère, mais le cœur peinait et, déjà, ils étaient partis chercher le médecin. Ensuite, elle a tout lâché, s'est abandonnée à leurs scalpels, pleine et pourtant désertée.

De l'accouchement, elle ne connaîtra donc jamais que la souffrance, pas le triomphe. Celui en tout cas qu'elle imagine pour les autres, qu'elle voit revenir de la maternité comme des soldats du front, héroïques et par milliers. Sauf elle. Une souffrance telle qu'elle a cru sa fille morte alors qu'on venait de l'arracher à ses entrailles. Perdue dans son désespoir vaporeux, elle n'a pas entendu son cri, elle a demandé si elle était morte. Une peur bleue, comme le premier visage de sa fille, « mal essoré » disent-ils, parce que évacuée d'urgence par la béance d'un scalpel et non celle de son sexe. Trop fermé, trop jaloux de son intimité, jaloux de garder pour lui un mystère qu'elle-même ne connaît pas.

Sa mère n'a pas tort. Elle sait si mal donner la vie.

Le désordre

Dans une maison, les enfants, ça met du désordre. Beaucoup et tout le temps. Il faut le savoir. Elle le sait sauf que, en la matière, une bonne fois n'est jamais pour toutes tant l'épreuve du recommencement est rude. Elle n'a jamais été une femme ordonnée. Prendre soin de son intérieur est pour elle une obligation à laquelle elle se soumet sans plaisir, à l'exception de quelques moments hivernaux où elle a besoin de sentir se refermer autour d'elle la chaleur d'un foyer clos, douillet, coupé du reste du monde mais ces moments-là sont rares. La plupart du temps, elle délègue ce travail à des personnes qu'elle paie et adorerait s'y soustraire totalement. Ce qui est tout à fait impossible vu la constance des tâches, leur extrême répétitivité, l'incroyable imagination qu'ont les enfants pour déranger une pièce rangée. À la fin d'une journée à leurs côtés, elle songe qu'elle l'a passée pliée en deux, l'échine courbée pour ramasser les jouets, les feutres, les papiers de bonbons, les feutres, les jouets, les bonbons écrasés. Sa maison est une poubelle au doux parfum d'enfant, un volcan du lendemain où chaque chose en désordre est comme une cendre désespérément froide ; non pas un relief vivant et frémissant encore de l'énergie qui l'a généré, mais une ruine, un dégât.

Avant la peinture, après les poupées, avant les puzzles, après les perles, il faut ranger ; si les jeux s'enchaînent, les désordres aussi. Deux méthodes se présentent alors : le ramassage cumulatif ou le ramassage successif. Quand elle est en forme et d'humeur rationnelle, elle choisit cette solution mais, à la fin de sa journée, elle n'a d'yeux que pour sa silhouette soumise et pathétique ; une ombre grise et trouble-fête lâchée comme un fauve errant au milieu de leurs jeux. Quand elle est d'humeur plus fantasque, ou plutôt quand elle décide d'amarrer ses obsessions ailleurs, elle attend le début de la soirée pour ranger la vaste chambre. Mais quand elle se poste dans l'encadrement de la porte, il lui arrive de sentir son cœur chavirer. La tâche est vaste, énorme et ingrate.

Une fois même, alors que la maison tout entière est sens dessus dessous depuis des jours, elle aperçoit un cheveu sur le sol de la salle de bains. Un cheveu humide, poisseux, qu'elle n'arrive pas à ramasser tant il s'agrippe au carrelage. Elle s'y reprend à trois fois puis elle renonce, revient s'asseoir sur le canapé du salon, la face en pleurs. Son mari s'étonne. Elle répond d'une voix piteuse que le désordre de sa maison, c'est comme si elle l'avait en elle.

Des photos, des photos, des photos

Elle ne sait pas prendre de photo. Elle appartient à cette espèce rare, en ces temps de très haute technologie, de gens qui dépendent encore des autres pour avoir une image. Ce qu'elle sait faire en revanche, c'est encadrer les photos qu'on prend d'elle, de son homme et de ses enfants. Et chaque nouvelle boutique, chaque voyage ou week-end en province lui donne l'occasion de dénicher un cadre ravissant, d'une autre époque, d'une matière inconnue, d'une forme étonnante. En prenant l'objet pour la première fois dans ses mains, elle imagine déjà la photo qui s'y logera, son format, ses couleurs, son histoire. Celle de ses parents, jeunes et rieurs sur une plage de Méditerranée, celle de sa fille aînée assagie par l'autorité d'un photographe professionnel. Ou encore une photo d'elle avant que ses premières rides ne creusent ses joues, quand elle était seule, mélancolique, en train de rêver à l'amour d'un foyer improbable.

Son mausolée, comme dit son mari, étalé sur les manteaux de cheminée, les petits guéridons acquis spécialement, les étagères de la bibliothèque, des tableaux en liège sur les murs de la cuisine, du couloir. Elle a besoin de les voir tout le temps, où qu'elle se trouve dans la maison, de sentir encore frémir une grimace, un sourire, une brise de vacances au bord de la mer. La superstition aurait dû les lui faire retirer aussitôt : on n'expose pas tant de beauté, de santé, d'amour à la face du monde ; tout ce bonheur, on se le garde, on se le cache, on le savoure les volets clos ; ça ne se fait pas, c'est trop tenter le diable, le sort, c'est flécher le parcours des malédictions pour qu'elles s'abattent tout de go. Il lui suffirait de les disposer comme les Chinois installent leurs autels, juchés sur des armoires, des dessus de placard ou de réfrigérateur, bien à l'abri pour ne pas déranger les divinités, que les enfants ne volent pas au passage les caramels du bouddha et que les oranges puissent pourrir en paix. Car, toutes ces photos encadrées, ce sont comme ses plantes, elle qui n'a justement pas la main verte, des êtres vivants auxquels elle prodigue de l'attention et du soin. Régulièrement, par exemple, elle redispose les cadres, changeant le plus grand de place, intervertissant deux petits en nacre ou ramenant sur le devant l'ovale en bakélite. Ou bien encore, elle décide qu'une photo a vécu trop longtemps à l'intérieur du même nid et que c'est au tour d'une autre d'y pousser quelque temps. Elle hésite parfois entre deux manières : voir ses filles grandir ou croire à l'éternité d'un minois de bébé ? Cultiver l'adolescence de ses parents ou ranger leurs faces ridées dans du bois sombre ? Mieux vaut ne pas choisir en réalité et ne pas vouloir rompre l'incessant paradoxe du temps qui, tour à tour, l'entraîne dans sa fuite ou ses encombrements.

À ceux qui découvrent son intérieur, elle est plus ou moins censée donner quelques justifications ; deux ou trois mots, pas plus, car, tout exhibitionniste qu'elle paraisse, ainsi étalée sur ses meubles, il n'y a pas plus pudique qu'elle.

À une amie qui n'en finit pas de s'étonner de tant d'ostentation, elle répond un jour d'une voix plate que, sans doute, elle a besoin d'images pour croire à son bonheur, que la chair des siens lui glisse entre les mains alors ses photos, ce sont comme des preuves, des pincements contre le rêve : des enfants et du bonheur, elle en a vraiment.

La mère parfaite (II)

Quand elle porte un manteau, il n'y a jamais de taches sur ses revers. Quand elle l'appelle au téléphone, elle a toujours une voix calme et enjouée. Quand elle gronde ses petits, elle leur explique toujours le pourquoi du comment. Quand ses enfants sont malades, ils guérissent en quelques jours à peine et sans médicaments. Quand elle l'invite pour un goûter improvisé, elle sert toujours d'excellentes brioches, bien dorées sur le dessus. Et quand elle pose les yeux sur elle, elle a immanquablement le sentiment que quelque chose ne va pas : un vilain bouton sur le nez, un brin de salade coincé entre les dents, des cernes plâtreux. Un seul de ses regards et elle prend vingt ans. L'âge de sa mère. Cette mère à laquelle cette étrangère la ramène sans arrêt avec ses quatre enfants élevés en toute quiétude et ce corps épanoui par les soins prodigués. Sa mère, sa mère parfaite, et à qui, comme un fait exprès, toutes les autres lui font penser parce qu'elle est tout bonnement incapable de déceler en elle la plus petite ressemblance.

« Une lettre à la poste » : ce sont les mots qu'elle s'entend dire jour après jour depuis qu'elle est en âge de procréer, « mettre un enfant au monde, c'est comme une lettre à la poste ». Elle a rêvé des nuits entières à la minceur de cette lettre tandis qu'elle ne parvient même pas à trouver la bonne position pour dormir tant son gros ventre lui pèse. Une entorse à la règle ou la fameuse exception pour la confirmer et laisser les autres, toutes les autres, mettre leurs enfants au monde comme des postières de la facilité.

La chocolatine

Quand elle travaille, elle ne se rend pas compte que, loin d'elle, ses filles ont une vie, une vie pleine et sans elle. Une vie faite d'école, de goûters, de courses dans le parc dès le printemps, de baby-sitters variées, postées à la sortie et que les enfants retrouvent joyeusement comme des grandes sœurs, ignorant tout du lien d'argent qui motive leur présence. Pendant ces moments-là, elle est assise derrière son grand bureau de femme importante, dérangée par des coups de fil incessants, des refus hiérarchiques, des comptes déficitaires. De temps en temps, elle revient vers elles, l'espace d'un bref appel, elle prend des nouvelles, avec une drôle de désinvolture où pointe souvent l'angoisse de qui ne veut pas savoir et passe en rasant les murs, notamment lorsqu'une maladie les importune. Et puis elle rouvre son agenda pour noter d'autres rendez-vous, d'autres réunions qui l'absorberont dans cet immense temps sans elles. Si une collaboratrice en vient à parler de ses propres enfants, alors elle s'y autorise aussi et évoque un de leurs jolis mots, une sortie, un problème de psychologie. L'autre donne son point de vue, parle de ses méthodes, elles comparent, puis le travail reprend. C'est comme une rêverie au milieu de l'affairement, un mouvement de tête qui cherche l'air avant de replonger dans la copie, d'oublier, en apnée. Elle en est même arrivée à ce constat cruel que travailler, c'est savoir oublier ses enfants. Sinon elle ne peut pas. Et sa plus grande souffrance – son mari rit de sa grandiloquence –, c'est d'imaginer la sortie de l'école où elle n'est jamais. Elle n'est certes pas seule à manquer à l'appel, mais la multitude ne la console pas. Des bonheurs floués, c'est ainsi qu'elle se les représente, des choses qui lui sont dues mais que le travail lui vole.

Petite, sa mère est là chaque jour devant les grilles, une chocolatine dans une main, l'autre dans la sienne, et lui demande ce qu'elle a mangé à la cantine, les jeux qu'elle a faits, les nouvelles leçons. Chemin faisant, elles conversent jusqu'à ce que, la bouche trop pleine de gâteau, elle ne puisse plus répondre aux questions. La douceur de ces conversations au chocolat lui revient parfois en plein rendez-vous et son attention divague. Vers le Sud, les rues de sa ville, la maison de son enfance. Elle songe que, dans sa vie de mère à elle, les chocolatines ont perdu leur âme en devenant de vulgaires pains au chocolat, achetés par des baby-sitters.

L'Éducation nationale

Tous les matins ne se ressemblent pas. Tantôt, c'est joyeuse et d'un pas vif qu'elle les laisse monter l'escalier jusqu'à leurs classes ; tantôt, elle met des heures à trouver le courage de les quitter et donnerait tout pour remplacer la maîtresse. Tantôt, elle a le délicieux sentiment de bien faire, et tantôt, c'est le remords qui la tire jusqu'à son travail. Tantôt, l'école est laïque et républicaine, tantôt, sale et vétuste. Les institutrices, des femmes valeureuses et dévouées, ou d'incapables paresseuses uniquement là pour les vacances. Au long cours d'une seule et même semaine, elle fait le grand écart. Elle assiste à toutes les réunions d'informations, demande les rendez-vous qu'il faut pour être une mère concernée et soucieuse de donner le meilleur à ses enfants ; elle contrôle les cahiers, les progrès de l'apprentissage, les solennelles évaluations. Elle a même fait sa visite au médecin scolaire, à l'orthophoniste en stage, aux dames de service. Jour après jour, elle passe l'école au crible, crispée sur sa volonté d'être rassurée, ses efforts pour voir sans vraiment voir, rester dans le flou. Mais la ménagère maniaque débusque les moutons sitôt partie la femme de ménage, tout comme elle les incuries du système pédagogique. Elle s'imagine parfois sillonnant les couloirs de l'école un plumeau à la main en guise de balai magique grâce auquel elle tirerait ses enfants vers le haut, comme dit l'autre. Si seulement c'était l'autre justement et non la mauvaise conscience bourgeoise qui rue en elle dès qu'elle franchit de ses élégantes semelles cousues main le seuil du bâtiment. Elle aurait dû les mettre dans le privé, changer de quartier pour qu'ils soient inscrits dans les meilleurs établissements, faire comme les autres, être cynique et ne pas se violenter chaque jour pour être une valeureuse citoyenne. Elle en a les moyens, se fiche du qu'en-dira-t-on et, malgré tout, depuis toutes ces années, elle ne s'y est jamais résolue. Sans doute pour résister à la peur, dresser devant elle une sorte de confiance instinctive en l'avenir de ses petites qui font auprès d'elle provision d'amour et d'éveil à la vie, de quoi relativiser toutes les lacunes d'un système, si défaillant soit-il. Mais ce n'est pas seulement de la confiance, car elle est trop incertaine, trop régulièrement assaillie de doutes ; c'est aussi de la distance, la farouche volonté de faire la différence entre ses filles et elle, toute la différence – comme on fait la lumière. Car elle sait qu'il lui faut réserver son enfance à ses propres souvenirs, secrets, silencieux, enfouis, et veiller à ne pas la semer sur les têtes de ses filles comme autant de mauvaises graines pour elles. Quand l'une des petites la regarde s'éloigner le matin, elle n'est pas sa mère, sa fille n'est pas elle, l'histoire a continué, sinueuse dans le temps. Et, quand la maîtresse fait l'appel, son nom n'est même plus sur la liste ;

toutes siennes qu'elles sont – si peu –, ses filles portent le nom d'un autre. Petite, elle craignait les maîtresses, les mauvaises notes, les absences pour maladie ; elle détestait l'odeur de la piscine, la langue de bœuf en sauce et les tracés au compas. Elle s'imaginait toujours l'œil à demi crevé, pendouillant sur son nez comme un monocle ironique. Pourtant, malgré sa grande lucidité de mère ayant consulté, tous les matins, sans même qu'elle se le dise, les mauvaises herbes la font trébucher. Elle confond les peurs, accroche ses fantômes aux portemanteaux et repart de là en songeant que, décidément, elle ferait bien de mettre ses enfants dans le privé.

Le jardin des mères

Le jardin des mères, ce n'est pas le square du quartier, ni le parc d'attractions, ni le grand bois de Vincennes, ni la vaste prairie fréquentée pendant les vacances. Le jardin des mères est en réalité beaucoup plus secret, semé de lubies, de rêves inassouvis, de constructions chaotiques, d'œuvres qui attendent, de jachères. Il est des mères qui raffolent de la couture, certes pour le plaisir de vêtir leurs enfants de leurs mains, mais aussi pour le seul bonheur d'être habiles, inventives. Il en est d'autres qui chantent, des airs d'opéra, des duos, des arias, dans l'espoir fou que, un jour, elles seront divas. D'autres encore qui se rêvent actrices, funambules ou psychologues. Comme si elles n'avaient pas assez créé. Tant d'enfants et toujours, dans un coin, ce désir d'en faire plus, de laisser d'autres traces, creuser d'autres sillons. Pour y planter d'autres choux.

Et derrière toutes les mères qui viennent à la sortie des classes, derrière leurs sacs de courses, leurs baisers avides, leurs sermons bien tempérés, d'autres herbes poussent. Folles, amères, indécrottables. Si nombreuses qu'on pourrait en faire des fagots qui surprendraient les progénitures, les effraieraient peut-être ou les rendraient songeuses.

Si seulement les enfants savaient ce qui pousse dans la tête des mères, ils iraient planter leur tente ailleurs.

Quand elle crie

Quand elle crie, elle voit l'air qui tremble autour de leurs joues. Elle voit leurs yeux ronds tellement saisis qu'ils formeraient des angles et elle entend leur peur qui la supplie de se taire. Elle peut crier pour mille raisons différentes. Le plus souvent, elle s'en rend bien compte, ce n'est pas à cause de ses enfants mais de sa fatigue, de ses déconvenues professionnelles, de son corps trop lourd, d'une dispute qui vient de la secouer, d'une déception. Et puis, parfois, les causes se dissolvent, deviennent plus vagues, plus diffuses. Pendant qu'elle crie, des souvenirs, des frustrations, des blessures jamais recousues l'assaillent. Alors elle sait que ses cris sont des liens avec des profondeurs noires où ses enfants n'existent pas, d'où, au contraire, ils parviendraient à l'extraire mais quand elle est à bout, elle leur en voudrait même de cet arrachement qui la sauverait. Car elle a un besoin vital de ses bas-fonds pour s'enfouir et être à soi.

Le grain de sable

Ça lui arrive souvent le dimanche, après un long week-end où certes elle a pris plaisir à être mère à plein-temps mais dont elle sort éreintée, contente de retrouver sa tranquillité du lundi, son café, ses dossiers, son agenda sans rendez-vous chez le pédiatre ni goûters d'anniversaire. Alors elle se rend compte de l'extrême soin avec lequel elle a construit cette double vie, cette vie divisée, étanche, où tout est organisé, calculé, programmé pour la remplacer et donner à ses filles les meilleurs soins. Jusqu'à cette présence vigilante qui lui a demandé chaque fois, à chaque nouvelle fille au pair, patience, organisation, attention et rodage. Et justement, après plusieurs semaines, la machine est rodée, impeccable. Les filles seront ramenées de l'école, déshabillées, lavées, nourries, diverties, câlinées. Elle n'aura plus qu'à leur servir à l'extrême fin de la journée son attention défraîchie mais sincère, son amour qui se contenterait bien alors de verser quelques baisers liquides pour n'avoir à lutter contre aucune résistance, pas même celle, très tendre, du corps de ses filles. La chair de sa chair qui, après une dizaine d'heures de travail, n'est plus qu'une douce virtualité remise aux prochaines vacances.

Donc elle a mis au point sa construction pour vaquer à ses affaires, elle peut même en être fière, jusqu'au jour où la machine s'enraye.

C'est généralement le soir, le dimanche soir. Le téléphone sonne, la jeune fille est grippée, quarante de fièvre, pleine de frissons, incapable de se lever. Non, elle ne pourra pas venir demain, elle ira voir le médecin, elle est désolée, ce n'était pas prévu, elle fera de son mieux pour venir après-demain. Elle donnera des nouvelles, c'est promis, sans faute. Embrassez bien les petites. Bien sûr. Elle repose le combiné et perd alors tout sens de la mesure, jetée en plein désarroi de femme à qui l'on vient d'annoncer une catastrophe. Elle s'en rend compte aussitôt, se ravise. Ses filles dorment, elles sont en bonne santé, elles sont heureuses, tout va bien. Incidemment, son mari se charge de le lui rappeler, et là, elle explose. Parce que c'est son souci à elle, sa responsabilité ; parce qu'il ira travailler quoi qu'il en soit, qu'elle sera seule à se débrouiller, qu'après toutes ces années, elle le sait, c'est toujours la même chose. Et, de nouveau, elle perd la mesure. Elle appelle frénétiquement toutes les jeunes filles du quartier qu'elle connaît, laisse des messages hagards de femme endeuillée, fait les cent pas, allume des cigarettes. Elle rappelle, une fois, deux fois, en vain. Elle devra renoncer à partir travailler, elle restera à la maison. Elle pourrait y penser avec plaisir, une jubilation buissonnière, songer qu'elle aura du temps pour s'occuper d'elle, mais il n'en est rien, ou plutôt elle n'en est plus du tout capable. Parce que s'est immiscé dans sa superbe machine le grain de sable, la mauvaise conscience, sous la forme d'une grippe imprévue qui la renvoie à ce qu'elle ne supporte pas, être une mère absente. Une mère qui passe le plus clair de son temps à s'occuper d'autres choses que de ses enfants et qui aime ça, vivre ailleurs, avec des étrangers ; et qui, lorsque la machine tourne bien, préfère avancer sans se retourner pour ne pas deviner le grain de sable insidieux, celui qui viendrait d'elle, de son remords, du parfum qui lui emplit la tête quelques secondes par jour et qui lui fait humer la peau de ses enfants, comme une odeur fugace, fragile, menacée ; de ce manque qui lui traverse le corps et contre lequel elle déploie une énergie folle, insensée.

Quand elle se couche, elle est épuisée, dépitée aussi. Elle jure à son mari que c'est décidé, elle va définitivement s'arrêter de travailler. Et lui ne la croit pas.

Pauline

C'est un prénom qu'elle a souvent rencontré sur sa route, un joli prénom, sobre et bourgeois, légèrement compassé. Un prénom pour une petite fille sage, espiègle juste ce qu'il faut, adorable en un mot. Une fillette qu'elle imagine plutôt brune, très bien coiffée, avec des cheveux dociles et un peu lourds en même temps ; des cheveux qu'au siècle dernier une austère gouvernante aurait pu couvrir de bandeaux en velours lisse, comme ceux de Mme Arnoux sur le bateau, quand Frédéric l'aperçoit pour la première fois et qu'elle est une apparition, les fameux bandeaux noirs. Une vision qui n'a rien de funeste puisqu'elle lui insuffle le vent de la passion mais qui, au regard de ses cheveux blancs de la fin, l'est. Comme pour elle. Des bandeaux noirs qui se transforment en brassards noirs et sans appel. C'est le prénom maudit qu'elle porte en elle, qu'elle aime et dont elle sait que jamais elle n'en baptisera aucune de ses filles, dût-elle en avoir des douzaines. Pauline, c'est le prénom des petites filles douces et qui meurent. Elle l'a croisé dans des histoires parcourues en librairie mais jamais achetées, jamais lues, précisément parce qu'elles racontent la mort d'un enfant. Ces histoires-là, elle ne les supporte pas. Pauline est une fillette qui peut avoir entre quatre et huit ans, qui respire le bonheur, que ses parents adorent et qui n'a jamais connu de drame jusqu'à ce que la maladie l'emporte.

L'une de ses filles a justement une camarade qui s'appelle Pauline. Mais elle, elle n'a jamais voulu l'inviter à aucun de ses goûters. Sa fille ne comprend pas ; la mère de l'enfant non plus, au point d'en être vexée, de le faire remarquer à la maîtresse, qui n'a évidemment aucune explication. Les autres mères de la classe l'ont déjà plusieurs fois reçue chez elles, toutes sauf elle. Elle n'en dit rien à son mari qui ne comprendrait pas, mais ce n'est pas cette incompréhension qui l'en empêche, elle est habituée. C'est sa peur lourde, indicible, sa terreur superstitieuse qui la paralyse à l'idée même de l'évoquer, de l'exprimer, de la sortir d'elle, de ses profondeurs de mère qui tremble d'imaginer qu'on lui retire cette vie qu'elle a si patiemment aimée. Alors Pauline, c'est une sorte d'hypothèse qui conjure toutes les probabilités mauvaises, un talisman qu'elle serre contre son cœur, une enfant qu'elle a déjà eue et perdue, un deuil imaginaire et conjuratoire. Et c'est grâce à Pauline qu'elle protège ses filles, une de perdue, deux de sauvées. Si ses enfants à elle sont vivantes, c'est parce que Pauline est déjà morte.

Quand ils se disputent

Quand ils se disputent, elle imagine que leur monde tremble sur ses bases et que leur maison se fissure. Elle n'a jamais connu l'effroi d'un tremblement de terre mais ce doit être cette violence-là, vue de leurs yeux d'enfants. Et souvent, les gestes énergiques des deux fillettes se figent aussitôt sous leurs cris, leurs paroles blessantes, ses larmes qui voilent son regard. Telle une partie de chat-statue sauvage, improvisée, obligatoire ; un jeu plus du tout drôle. Tout impliquée qu'elle soit dans les motifs de sa dispute, dans son venin, elle constate chaque fois qu'elle déserte sa maison et se retrouve dans sa chambre d'enfant, chez ses parents, le nid où elle courait se réfugier quand la voix de son père tonnait, quand elle voyait poindre l'injustice et la souffrance de sa mère. Elle se rappelle qu'elle le haïssait sans nuance, qu'il était l'affreux tortionnaire, qu'elle détestait ses mots, ses gestes durs, les regards désolés qu'il lui lançait quand elle était encore dans la pièce, sous les cris. Ça ne durait jamais très longtemps car elle partait dare-dare, ses jambes à son cou, préférant abandonner sa mère en plein danger pour ne pas voir. ne pas risquer de voir ce qu'elle ne pardonnerait jamais. À l'époque, évidemment, elle ignorait tout des dialectiques conjugales et des violences réciproques, de celles qui aident les couples à se tenir ensemble, parfois même à s'aimer ; elle croyait à la partition du bien et du mal, à la douceur de sa mère, la dureté de son père. Et quand elle fait une scène à son mari, elle épouse ces lignes de partage ; elle est la victime qui subit nécessairement les cris plus retentissants d'une voix d'homme, la frêle femme agressée. Ce sont là les prémices d'un mélodrame qu'elle prend un malin plaisir à mettre en scène · accablée, elle s'assoit sur le canapé du salon, flanquée de ses filles terrorisées, et elle caresse leurs cheveux, en leur disant des mots très calmes, très doux. N'ayez pas peur, mes chéries, ce n'est rien, je vous aime. Alors, forcément, son mari bondit en hurlant de plus belle parce qu'il la trouve malhonnête, perverse. Au jeu de l'amour filial, elle triche honteusement. En fait, le film qu'elle a cru voir enfant, elle le remonte de toutes pièces en s'y donnant le plus beau rôle ; un rôle double en réalité puisqu'elle est tout à la fois la pauvre mère et les pauvres enfants, la souffrante ubiquitaire, de tous les côtés, tous les points de vue, incontournable et omnipotente.

Le vent du danger

« Tromper son mari, c'est tromper ses enfants. » Encore une phrase éternelle, cueillie il y a longtemps sur les lèvres de sa mère et dont elle ne se débarrasse pas. Une de ces paroles dont sa mère, en bavarde impénitente, ne se méfie pas assez ou que, intentionnellement, elle sème, mine de rien. Une manière très habile de prévenir toute tentation adultère en invoquant le bien des enfants, le seul qui vaille à ses yeux. Et tous ces hommes autour d'elle ? Tous ces regards aimants pour lui chanter sa grâce, son intelligence, sa beauté ? Tous ces effluves de jouvence qui estompent sa fatigue et ses doutes ? Devra-t-elle s'en priver jusqu'à ce que mort s'ensuive ? Où est le danger ? Où se niche la démesure de la mise en garde ? Dans l'hypothèse d'un grand amour qui saccage le bonheur d'une famille et, avec lui, l'avenir des enfants ? Peut-être. Ce qui implique que sa mère a sans doute elle-même senti le vent du danger lui caresser la joue, un soir d'été, lors d'une fête dansante. Elle ne cherchera jamais à savoir, elle serait jetée en pleine dénégation. Mais elle a l'entière liberté de se l'imaginer et d'accompagner ses propres badinages de cet aveu inventé. Ça pourrait même l'aider de penser que sa mère a eu besoin de se représenter le pire pour ne pas y céder. Et tant pis si, de cette tentation délicieuse, elle ne garde que le dicton comminatoire. La menace est presque trop apocalyptique pour sonner juste et être à sa mesure à elle.

Ce fameux soir d'été…

C'est donc un soir d'été, dans une maison de vacances. Le soleil a brillé tout le jour, les enfants se sont baignés, les adultes sont éreintés de leurs tours de garde devant la piscine. Les hommes ont fait des courses, les femmes, la cuisine, rien que du très banal, dans l'ordre des choses. Pourtant, la tentation s'est aiguisée. Regards en douce, acérés, gestes volés, peaux effleurées, rien que du banal là aussi, un désordre convenu. Ils se sont lancé de secrètes invitations, ils ont maintes fois et à coups de plaisanteries dénoncé les travers du mariage, les plis endurcis, les désirs usés. Ils sont égaux devant la lassitude, ils aspirent à du nouveau. Et ils ont œuvré dans le même sens, solidaires et complices sur bien des détails. Autour d'eux, ça s'est un peu remarqué ; quelques regards vigilants n'y ont pas vu que du feu mais trop échauffés, eux, ils ne se sont pas méfiés. Alors, le fameux soir, quand les autres sont partis se coucher, ils sont restés sur la terrasse, pour bavarder, fumer une dernière cigarette. Sauf que, au moment de se lever, ils se sont enlacés. Et cette audace les a transportés. Ils se sont rappelé leur jeunesse, ont énuméré leurs affinités, toutes les raisons qui auraient pu les unir, plus tôt, si la vie n'avait pas été ce qu'elle est.

Ivre de bonheur, elle en aurait presque oublié les mots de sa mère. Repoussés d'un geste désinvolte, rayés de sa carte, effacés. Mais elle a tout fait de travers. Elle n'a pas su raser les murs, souffler les bons rendez-vous, calmer l'impatience et vivre sa liaison en toute tranquillité. Elle s'est comportée comme une débutante, une vraie bleue. Elle s'est mise dans de vilains draps et son mari les a surpris. Un flagrant délit digne du siècle dernier où il ne manquait que les huissiers. C'était grossier, désagréable, presque loufoque. Un vaudeville en plein air, au beau milieu des affaires de piscine. On n'oublie pas aussi impunément les menaces d'une mère. Elle au moins savait de quoi elle parlait ; jamais elle n'a pris ces choses à la légère, avec sa désinvolture de femme faussement libérée. Parce que, au final, elle se retrouve en plein cauchemar avec un mari humilié à qui elle doit expliquer, mentir. Elle nie, lui jure que ça n'a rien à voir avec l'amour, que l'homme de sa vie, c'est toujours lui… Oh, certes, elle le pense dans un coin de son cœur mais elle est encore pleine de l'autre et de ses transports. Alors, des mois plus tard, elle reconnaît qu'elle n'a pas su tromper son mari, pas pu. Parce que, en bonne fille, elle n'aurait pas dû. C'est énorme, dans la vie d'une femme, cette première réalité de la tentation ; c'est la toute première pierre du désenchantement. Les hésitations, les maladresses, les mains moites d'une femme tentée ne sont donc que les dernières résistances d'une pensée toute romantique de l'amour, la peau tendre sous les talons d'une jeune fille. Et elle n'a vraiment pas fait les choses à moitié puisque, pour sa première fois, elle a ameuté tout le quartier, histoire que ce soit bien raté.

Bellissima

Plus jeune, elle a aimé ce film méconnu de Visconti, une histoire qui ne sied pas du tout à celui qu'on admire pour ses fresques plus décadentes ; trop triviale, et ordinaire, trop féminine. Elle aimait dire en société qu'elle trouvait ce film bien plus grand que les chefs-d'œuvre de la suite. Ça la distinguait.

Quand elle a eu ses enfants, elle a revu ce film, qu'elle a adoré, avec ses tripes, sans chercher à se rendre intéressante, sans même en parler. Au contraire. Cette émotion lui a rendu celle de sa jeunesse presque prémonitoire. Du coup, ça l'a également lavée de tout snobisme. Parce qu'elle avait peut-être deviné les travers de sa propre manière d'être mère, ses fantasmes et son effroi.

Quand elle regarde Anna Magnani, elle a envie de lui enlever sa jolie petite fille parce qu'elle sait qu'elle est en train de la tuer à petit feu, par amour. Et en même temps, qui l'aimera jamais plus que ça ?

La fin du monde

Une mère qui se plaint de la pollution redoute la fin du monde. C'est toujours comme ça.

Alors qu'elle promène son bébé dans une poussette, elle ne voit que les pots d'échappement et les fumées grises qui viennent gazer sa merveille. Elle s'imagine un vaste monde post-atomique jonché de cadavres humains où son enfant, seul – sans elle –, devra se débrouiller pour survivre. Mais, comme les autres, il finira par mourir. C'est pour ça qu'elle l'emmène dès qu'elle peut au bord de la mer, dans les prairies, à la montagne, pour que le bon air chasse ses horribles pensées. Elle peut alors croire que jamais il ne mourra et qu'elle sera toujours là pour veiller sur sa santé. Elle ignore encore que, pire que l'air pollué, un jour, il respirera la fumée de ses propres cigarettes et les vapeurs de ses propres alcools. Elle l'ignore parce que, pour elle, l'adolescence est un temps post-atomique.

Le pic de fièvre

L'aventure s'enflamme. Elle est sur des braises. Il l'attend. C'est leur journée pour faire l'amour. Elle s'est préparée comme une jeune fille. Elle se laisse déguster, son plaisir l'émerveille, son autre vie n'existe plus. Des heures et des heures quand son téléphone sonne : sa mère qui lui annonce que sa fille est malade, quarante de fièvre, des maux de ventre. Elle écoute, ne dit pas où elle est mais ne ment pas ; elle garde son calme. Plutôt ce calme que l'idée de faire redescendre sa fièvre à elle. Surtout ne pas redescendre aussitôt que hissée car elle connaît trop la rareté des altitudes. Sa fille est malade, sa fille pourrait mourir tandis qu'elle continuerait de jouer les amantes ardentes.

Le reste du temps

Mais que font-ils le reste du temps ? C'est la question qui revient tandis qu'elle est en selle sur son vélo hollandais.

Elle est en vacances avec son mari, ses enfants. Ils pédalent sur des pistes cyclables au bord de la mer. L'air est délicieux, chaud, juste le vent qu'il faut. Ils se suivent en une longue ligne de silhouettes bleues qui serpente entre les champs de colza. Van Gogh aurait pu les peindre s'il avait aimé les images tranquilles, les bonheurs légers. Outre le paysage, elle regarde les autres cyclistes, ceux qui les croisent en sens inverse. Ils reviennent de là où ils vont, eux. Elle aurait envie de les arrêter pour leur demander si le coin là-bas est joli, si ça vaut le détour. Elle y pense sans cesse mais elle ne le fait pas. C'est une idée fixe et vouée à ne jamais se faire entendre, une arrière-pensée logée dans un coin de son esprit où sa voix ne va pas, comme ces angles que l'embout de l'aspirateur n'atteint jamais. Elle les regarde passer avec le sourire. Elle sourit parce qu'elle est heureuse. Ses filles rient devant elle, poussent des cris.

Son mari aussi. Elle sait déjà qu'ils sont en train de vivre un moment qui restera épinglé à sa mémoire, tel un papillon que l'on regrette d'admirer plus mort que vif ; une scène qu'elle racontera mille fois, en changeant seulement deux ou trois mots, et qui finira dans son album de photos parce que, forcément, la lumière y est si belle.

Quand ils croisent les autres vacanciers, elle n'en finit pas de se demander d'où ils viennent, qui ils sont, ce qu'ils font le reste du temps. Lorsque la parenthèse est close, qu'on a bouclé les valises et que l'autre vie reprend, la vraie, la courante. Alors elle interroge leurs regards, leurs gestes, les bribes de conversations qu'elle saisit au vol, leurs prénoms lorsqu'ils s'interpellent, jusqu'à leur manière de se tenir à vélo. Elle ne manque pas d'observer leurs vêtements, mais elle connaît trop le pouvoir faussaire des apparences et puis, ici, tout le monde s'habille pareil alors ça ne veut plus rien dire. Elle se demande si leur vie est harmonieuse, s'ils s'ennuient, si le mari trompe sa femme ou l'inverse, s'ils ont connu des épreuves difficiles, s'ils ont de l'argent, des projets. Elle aimerait aussitôt visiter leur intérieur, voir leurs réunions de famille, leurs tables de chevet. Y entassent-ils des livres ou des médicaments ?

Mais, au fond, elle n'est pas curieuse des autres. Ce qu'elle cherche dans cette inquisition secrète, c'est encore et toujours elle ; elle voudrait trouver une façon d'évaluer sa vie, alors elle compare. Elle cherche à savoir si, comme elle, les autres font mine ; si, même au beau milieu d'une minute de bonheur, ils doutent et ruminent. Si, comme en elle, une petite voix ne les quitte pas. Et le rythme lancinant du vélo sied parfaitement aux intonations de cette voix-là. Un roulis.

Sa plainte

Elle n'a pas le temps, c'est sa plainte.

Du matin au soir elle y pense, la profère, la refoule. Elle court, toujours, dans tous les sens, elle qui, plus jeune, était fan de Pascal et de sa chambre essentielle. Mais, depuis ses enfants, elle a toujours quelque chose à faire. Toutes les mères le savent, même les plus aidées. Et pourtant elle ne s'y résout pas, sinon elle saurait arrêter de se plaindre. Donc, sur tous les tons, elle dit qu'elle n'a pas le temps de faire du sport, de traîner, de lire, de voir ses amies, d'aller aux expos – les fameuses expos des mères qui se plaignent de ne jamais y aller alors que, avant les enfants, ça les ennuyait au plus haut point. Tout ce temps pour soi qu'elle imagine réparateur mais qui, dès qu'il pointe le bout de son nez, la pétrifie parce que, d'une certaine manière, il la plante là. Alors elle patauge en plein désœuvrement et, à la fin de cette journée qu'elle a enfin pu passer seule, elle se plaint encore, de ne pas en avoir assez profité, de s'être laissé piéger par des tâches domestiques ou, pire, d'avoir dormi. Car sa plainte en réalité, c'est sa fatigue. Ce poison qu'elle a découvert à la naissance de sa première fille, elle la vaillante, la valeureuse, l'étudiante qui n'a jamais eu peur de réviser ses examens dès l'aube, elle dont tous les autres disaient qu'elle n'était justement jamais fatiguée, un mot qu'elle n'employait pas et qui, depuis qu'elle est devenue mère, lui a joué un sale tour, comme si son intense actualité lui révélait qu'il avait toujours été au bord de son vocabulaire et au fond d'elle-même, une menace d'entrave à chacun de ses gestes, y compris les plus vigoureux. De quoi relire son histoire pour y débusquer les premiers signes de l'empoisonnement, une sorte d'affaissement qui l'aurait ébranlée il y a fort longtemps et qu'elle aurait occulté avec bravoure. Une drôle de vision se présente, comme un rêve un peu morose : elle remplit des sacs et des sacs mais, à l'arrivée, ces sacs ne sont pas pour elle. Elle voudrait bien modifier cette vision parce qu'elle fait prospérer sa fatigue, et donc sa plainte. Elle voudrait penser que ces sacs sont bien pour elle, que dans ce don il y a un retour, qu'à la fin elle sera plus riche, plus forte, meilleure. Elle aimerait parce que, alors, elle n'aurait plus de raison de se plaindre ni de se comporter comme une ouvrière exploitée, amère et vindicative.

Sa vie à elle est merveilleuse, elle a de beaux enfants, alors de quoi se plaint-elle ?

Le berceau transparent

Pendant sa deuxième grossesse, elle a été hantée par le doute : saurait-elle aimer également ses deux enfants ? La question est banale mais son doute à elle était tel qu'il lui donnait des contractions. Autour d'elle, on lui répondait que c'était naturel, que ça s'imposerait tout seul, qu'elle n'aurait aucun effort à fournir. Alors, optimiste, elle s'est fait une raison, claquant sur ses doutes une porte que, sitôt refermée, viennent heurter en avalanche des tas de vieux objets mal rangés, négligés. Un placard à balais.

Quelques mois plus tard, elle est à l'hôpital, elle vient d'accoucher. On a mis près de son lit le petit berceau transparent où dort sa nouvelle fille. C'est un bébé blond, presque roux. Quand elle se penche sur lui la toute première fois, elle ne ressent rien d'autre qu'une sorte d'hébétude, comme après un choc. Que s'est-il passé ? Où suis-je ? Qui est-ce ? Son mari est là, blême de sa nuit blême, mais visiblement très ému. Il aime avoir des filles, il ne s'y attendait pas – ils n'ont pas voulu savoir et, neuf mois durant, ils ont fantasmé sur cette ignorance rare et revendiquée. Lors de son premier accouchement, elle avait tout de suite pleuré en découvrant le visage de son bébé, mais était-ce l'émotion ou la fatigue ? Ses doutes font qu'elle ne sait plus, ils sont rétroactifs. Elle s'en serait bien passée.

Alors voilà, elle la regarde et rien ne se passe que son très grand étonnement, sa bouche bée, le sentiment d'être deux, elle et une parfaite étrangère. Elle n'a d'ailleurs jamais eu comme à cet instant-là autant conscience de ses limites. Elle et, à côté d'elle, un bébé. On a l'habitude de dire que les mères et les enfants doivent apprendre à se séparer, comme si la fusion était une situation innée, naturelle, tandis qu'elle, à ce moment-là, c'est le contraire qu'elle vit : sitôt sorti de son ventre, son bébé n'est plus elle, et lors des jours qui suivent elle doit rattraper cette distance, la combler, si bien qu'à la fin elle fournit tellement d'efforts et d'affection qu'elle l'a presque oubliée. Presque. Car, des années après, lorsqu'elle se surprend à préférer l'un de ses enfants, cette indifférence première lui revient comme un mauvais souvenir. Elle pense alors que tout vient de là, de cette minute d'absence où l'amour s'est envolé.

Sa fatigue

Ses enfants sont petits, demandent une attention constante, beaucoup d'énergie physique, et pour toutes les autres il en va de même. C'est ce qu'elle se dit pour éviter de penser que ses enfants sont plus fatigants, donc plus malheureux, que les autres. C'est leur âge et, avec le temps, ça passera. Quand ils seront plus grands, elle aura plus de repos, plus de temps pour elle, retrouvera une liberté de mouvement. « Petits enfants, petits soucis ; grands enfants, grands soucis » : c'est l'adage qu'elle ne comprend jamais très bien parce que ses soucis lui paraissent énormes et parviennent souvent à l'abattre. Et puis, il lui est impossible d'imaginer la fugue de son bébé, sa crise d'adolescence ou son accident de voiture. Toutes ces probabilités sont hors champ. Ce qu'elle voit, elle, ce sont les nuits sans sommeil, les journées passées à se baisser mille fois, les dîners qui l'obligent à nettoyer le sol de la cuisine qu'elle a déjà nettoyé après le déjeuner, les pleurs qui lui font perdre son courage. Alors elle regarde du côté des mères dont les enfants ont déjà grandi et qui ont repris des habitudes de jeunes filles, comme d'aller boire un verre avec des amis, au cinéma en plein après-midi, en week-end avec leur mari. Elle envie leur temps libre et leur tranquillité, mais aussitôt elle se ravise en songeant que ces femmes-là sont plus vieilles, moins séduisantes aux yeux des hommes qu'elle ne l'est malgré les taches de lait séché sur ses manches, ses cernes de mère qui s'est levée plusieurs fois dans la nuit pour changer des draps souillés. Elle sait aussi que les enfants de ces femmes-là ne se pendent plus à leur cou et que, bientôt, ils vivront loin d'elles. Ce qu'elle voudrait, c'est ces enfants petits, rivés à son amour, et sa liberté intacte, sa jeunesse et leur indépendance ; bref, qu'ils soient là sans être là tout en étant là.

Un jour, à une amie qui lui dit qu'elle est épuisée, elle répond qu'elles ont toutes deux fait leurs enfants trop tard, qu'elles n'ont plus assez d'endurance, mais l'autre n'est pas de son avis. Elle ne regrette pas d'avoir dansé sur les tables, des nuits entières, jusqu'à plus de trente ans. Elle aurait pu danser sur les tables après les avoir eus ?

– Non, c'est impossible, car pour danser sur les tables, il faut l'insouciance, et les enfants, ça tue l'insouciance.

Les odeurs d'encens

Jamais elle ne montre de photos de ses enfants à personne. Si elle en a beaucoup chez elle, elle n'en a jamais sur elle. Ou quand elle en a, c'est parce qu'elle revient de chez le photographe, mais alors elle dit qu'elle les a oubliées, que c'est dommage. Elle est la seule à les cacher de la sorte, bien qu'elle les trouve si belles, si photogéniques.

Elle est superstitieuse, comme ses parents. Chez elle, tous les dimanches matin, on brûlait de l'encens pour purifier la maison, chasser les esprits maléfiques, le mauvais œil, celui par qui le malheur arrive – puisque, c'est bien connu, le malheur vient toujours d'ailleurs. Elle a fait des études, elle a formé son esprit à des habitudes rationnelles mais, de cette odeur d'encens, elle ne s'est jamais affranchie.

À la minute où elle sortirait ses photos de son portefeuille, le malheur s'abattrait, elle en est convaincue.

Ses chimères

Elle voudrait que ses filles soient championnes de natation, de ski, d'équitation ; qu'elles sachent lire, écrire, compter avant les autres ; qu'elles aient les plus jolis vêtements, les meilleures fréquentations, le goût des voyages et l'esprit tranquille. Elle les voudrait habiles, agiles, rebelles et courtoises ; sensibles, féminines et pugnaces. Elle voudrait leur inculquer le sens de l'avenir, la force du combat et l'art de jouir de chaque instant. Elle les voudrait élues mais ouvertes sur les autres, généreuses et démocrates. Elle les voudrait telles qu'elles sont et telles qu'elles pourraient être : excellentes, exceptionnelles. Elle voudrait leur interdire la télévision parce que ça ramollit le cerveau ; les initier à la peinture parce que ça aiguise la perception, au piano parce que ça… Elle sent bien que, depuis qu'elle les a, l'exemplarité a pris une place énorme dans sa vie, que tous ses gestes sont intentionnels, nourris d'arrière-pensées nobles et édifiantes. Telle une femme de ménage, elle promène son chiffon dans sa maison pour chasser l'ennui, l'angoisse, la bêtise. Elle a cet appétit gigantesque qui voudrait sans cesse leur donner le meilleur, les combler sans les gâter. Elle est maniaque parce qu'elle n'arrête jamais, se laisse prendre à ses obsessions mais, mieux que personne, elle voit bien que la poussière revient, se dépose inlassablement. Elle voudrait les barder de bonheur à coups de prix, de diplômes, de médailles, tout en admettant que l'excellence peut aussi se nicher derrière une deuxième place, un bonnet d'âne. Elle connaît bien la vie à présent, la force du manque, de la névrose, de la plaie béante et, silencieusement, les yeux fermés comme des poings, sans un mot à personne, elle espère que ses faux pas – mon Dieu lesquels ? – leur frayeront le meilleur chemin. Toujours ce mot qui la hante comme un serment de mariage – aucun prêtre ne l'a mariée –, une prière – elle n'est pas croyante –, une névrose – elle en a. Une chimère – sa tête en est pleine. Une mère qui peut tout ne peut rien. Alors quoi ? Doit-elle souhaiter le pire quand elle a le devoir de donner le meilleur ? Faites – à qui s'adresse-t-elle ? – que mes enfants connaissent l'angoisse et la déception – non, grands dieux, épargnez-les.

Elle se mord la queue, les lèvres jusqu'au sang. Ça l'épuise.

La mélancolie

C'est sur une plage à l'heure où tous les gens s'en vont ; les pieds sableux, la douche qui s'annonce, la peau rugueuse qui va redevenir lisse, chacun avec sa petite jouissance du soir, entre chien et loup. Elle, elle aime s'attarder, rester plus tard que les autres, se dire qu'elle est là en douce. Et, à l'heure où les mères vont donner le bain, elle invite sa fille à rester, à rester sale de sable et de sel, à continuer de porter fièrement la chaleur, avec l'étrange sentiment de l'initier à un rituel interdit, pas de son âge, entre plaisir sensuel et méditation. Son regard suit la ligne d'horizon, les couleurs se voilent, la mer est grise. Comme elle, enveloppée, nimbée. Elle dit à sa fille qu'elle aime plus que tout cette vision, elle ne sait pas pourquoi, elle a toujours aimé ça, rester après les autres, faire partie de ceux qui traînent aux heures indues. « C'est mélancolique », lâche-t-elle. Elle aurait dû se taire, retenir ce mot énorme, indécent pour les oreilles d'une enfant, trop engageant pour elle qui doit maintenant expliquer. Car, évidemment, sa fille attend. Mélancolique, c'est triste et ça fait rêver, réfléchir, ça porte… Elle s'arrête de peur de dire « ça transporte », ce qui l'engagerait encore plus loin. Elle s'en tient là donc, avec le sentiment de ne pas s'en être trop mal sortie. Quand même, elle se demande pourquoi. Serait-ce juste pour déposer sur sa fille une inclination comme on dépose un voile sur les épaules de quelqu'un, une invitation pour plus tard, pour qu'un jour elle la rejoigne sur sa pente, sa plage au crépuscule, et qu'elle se souvienne ? De sa mère qui aimait la mélancolie parce que c'était sa pente, le ton qui vibrait au fond de son regard, l'attente qu'elle avait, le voile à travers lequel elle contemplait le monde, un peu désabusée. À quoi peut-on penser quand on fixe ainsi le paysage en train de se dissoudre ? Pas à sa vie de famille, ni à l'avenir de ses enfants, encore moins à l'homme qui les partage depuis tant d'années. Vers quelle rêverie l'esprit se hasarde-t-il, quelles imaginations nocives ? Des choses qu'on n'apprend guère aux enfants. Décidément, tout le contraire d'une bonne éducation…

Pourtant elle n'a rien fait d'autre que déposer cette intention légère comme une gaze ; elle n'a jamais voulu faire germer d'autre idée dans l'esprit de son enfant, surtout pas ; l'idée que sa mère puisse n'être pas comme les autres, comme celles qui ramassent les pelles et les seaux d'une main alerte, pressées de rentrer pour les doucher, les rafraîchir, les soigner, être là, utiles, au cœur de la maisonnée. Non, sa mère à elle, elle s'attarde sur la ligne d'horizon, les orteils ensablés, la peau des jambes blanchie par le sel.

Mélancolique, à l'heure où toutes les autres sentent déjà le savon.

À une amie qui vient d'accoucher

C'est son premier accouchement. Il a été difficile alors elle parle, elle raconte, elle se répète sans même s'en rendre compte. Et elle la laisse parler. Elle sait ce que c'est. Elle n'a même pas besoin de se rappeler tant ces souvenirs-là sont chevillés à son corps. Ce dont elle fait l'effort de se souvenir en revanche, c'est la nécessité absolue de ne pas raconter son histoire à elle tandis que son amie raconte la sienne en tous sens. Elle doit absolument se retenir, se garder de toute surenchère, de toute comparaison, ne répondre qu'aux questions si elles viennent, et encore. Non pas tant parce qu'elle pourrait dire des choses dangereuses, nocives, angoissantes, mais tout simplement parce que la jeune mère ne l'entendrait pas.

Le tic

Sa fille est en train de grandir, de quitter son corps, le premier qu'elle lui a connu, celui qu'elle voudrait retenir de toute éternité. C'est un corps si familier dont elle s'est occupée jour après jour et depuis tant d'années. Un corps vigoureux qui lui a opposé mille petites résistances – et occasionné mille fatigues –, qui s'est parfois agacé de ses baisers mais qui a encore besoin de ses soins et de sa protection pour exister. C'est un corps tout en gestes et en abandons. Et dans la profusion de mouvements qu'il déploie, de temps en temps, elle saisit une attitude, un regard qui ne vient que d'elle, pas du père. C'est une ressemblance toujours fugitive, qui passe comme une brise, un souffle – c'est un air –, et qui l'émeut aux larmes. Peut-être parce qu'elle consacre cette familiarité en identité d'évidence qui lui fait dire sans aucun doute que c'est sa fille, qu'elle continuera son chemin, que c'est sa postérité.

Mais, à d'autres moments, un autre souffle passe, et c'est le vent de la folie, le diable qui altère, qui fait de son enfant une créature étrange. Elle le remarque à l'occasion d'un tic qui parcourt ses yeux, un geste anodin et compulsif qu'aucune parole ni mise en garde n'apaise. La petite fille se contente de dire qu'elle ne peut pas s'en empêcher et elle, elle s'efforce de se rappeler que, à son âge, elle a connu la même chose. Pourtant l'inquiétude pointe, la crainte que, tout à coup, sa fille puisse échapper à toute maîtrise, l'effrayer, et qu'un jour, par exemple, elle puisse devenir folle.

La fleur de trop

Ses enfants passent leur temps à l'appeler. Au nom de « maman », elle répond dix, trente, cent fois par jour, pour des demandes variées. Et la plupart du temps elle aime répondre, combler leurs appels, parce que c'est son rôle, sa place, sa justification fondamentale. Elle cueille les « maman ? » comme des fleurs des champs, ordinaires et miraculeuses, c'est son lot. Jusqu'à ce que le vase déborde parce qu'il y a trop de fleurs et qu'elle étouffe et qu'elle aurait besoin de courir dans le champ sans se baisser pour ramasser ni regarder trop haut vers le ciel du côté des questions sans réponses. Alors parfois, sans crier gare, elle pose des yeux hagards sur l'un des enfants qui l'appelle ; elle est sourde et muette, elle voudrait qu'on la laisse tranquille, qu'ils se débrouillent sans elle.

La césarienne (II)

Elle n'a pas fini d'y penser parce que, en réalité, elle n'a toujours pas compris. Elle voulait être mère, elle voulait accoucher et, si elle a eu peur, elle ne s'est rendue compte de rien. C'est juste que ça n'a pas pu se passer. Du coup, les images défilent sans cesse dans sa tête, pas tous les jours mais presque. Elle songe à sa respiration dont elle attendait tout, à ses gestes, à ce gros ventre qui contenait la lune, à ce moment qu'elle a tant attendu : que ses enfants sortent par son sexe pour l'ouvrir à l'extrême, qu'ils creusent un passage éternel entre le monde et elle, qu'ils la débarrassent de ce qui l'obstrue depuis toujours. Sans doute l'erreur s'est-elle nichée là. On n'attend pas la lune d'un accouchement ; juste un enfant ; pas soi-même mais un autre, si petit soit-il. Elle a dû confondre le plaisir sexuel et l'accouchement ; elle a dû confondre la pénétration et l'expulsion ; elle a dû attendre que cette expulsion soit explosion de joie, triomphe intérieur, quand précisément il aurait dû s'agir d'une sortie en fanfare toute tournée vers le dehors. De cela, elle n'a pas parlé à son mari, ses amies, sa mère. Elle l'a gardé pour elle car elle y a vu une pensée anormale, un fantasme de femme un peu malade. Et pourtant, chaque fois qu'elle fait l'amour, elle songe que son plaisir serait plus grand si son sexe s'était totalement ouvert. Elle a honte de mêler ses enfants à sa sexualité, n'évoquera jamais le moindre mot de cette affaire-là, mais il ne se passe pas un jour sans qu'elle y pense.

Marée basse

Chaque fois qu'elle la voit, ça la frappe. Elle la trouve comme étrangère à sa progéniture, soucieuse de leur bonne apparence et des soins fondamentaux mais sans plus. Elle prend beaucoup de temps à ses propres affaires, loge ses enfants dans les interstices, vaque en permanence. C'est une mère qui ne peut l'être sans déléguer sa présence à d'autres et, du coup, lorsqu'elle l'observe, elle voit des cercles concentriques : les enfants au centre, la mère très loin vers les bordures, à deux ou trois cercles d'eux. Elle semble ne prendre aucun plaisir à ce qui fonde le cœur du temps avec des enfants : les câlins, les questions, la complicité. C'est son droit, c'est d'ailleurs comme ça qu'elle paraît le justifier, ça l'ennuie, c'est ainsi, pas plus grave que ça et sans angoisse. Elle, évidemment, ça l'épate tant de simplicité mais au fond, elle n'aime pas, ça la perturbe, toute cette distance. Non qu'elle la juge – il y a belle lurette qu'elle ne le fait plus –, mais elle s'étonne d'un lien si lointain, si lâche, un peu vacant. Ça manque d'empathie, de frénésie, d'envie de dévorer, de manger cru, elle que des accès cannibales saisissent quand elle sent les siens de trop près, qu'elle enfouit son nez dans les replis de la chair. Or, à regarder l'autre, elle ne devine rien de ce qu'elle met d'elle-même à être mère, n'entrevoit aucune profondeur, aucun appétit. C'est certes une maternité reposante, songe-t-elle, qui s'étale au loin, comme une mer retirée à marée basse, les enfants dispersés sur la grève comme des oiseaux tranquilles...

La mère parfaite (III)

Elle aime bien la rencontrer par hasard. Ça lui donne l'illusion de penser qu'elle ne la recherche pas mais, si l'autre ne l'a pas vue, elle l'interpelle depuis le trottoir d'en face. Elles ne se font pas la bise, elles ne sont pas amies, elles sont juste mères ensemble, un type de relation qu'elle a découvert et dont elle ignorait tout autrefois. Une relation qui se nourrit d'expériences communes, de plaintes – souvent superficielles – partagées et aussi de rivalité. Sauf que, devant celle-ci, la comparaison la dessert en permanence car l'autre est une mère parfaite. Non pas celle qu'elle rêverait d'être, mais celle dont elle imagine qu'on rêverait de l'avoir. Une mère disponible, organisée, habile de ses mains, dont les enfants sont les très exactes confirmations de ses attentes – depuis toute petite, ainsi qu'elle aime à le dire, elle voulait avoir deux filles et deux garçons, avec ces cheveux-là, ces prénoms-là, ces caractères-là. Une mère dont on se dit qu'elle a merveilleusement rempli son programme et qui n'offre même pas l'image d'une mère envahie. Elle a des loisirs à elle, un vrai souci de sa personne, un métier, des voyages avec son mari qu'elle a l'air d'aimer comme au premier jour. Elle est suffisamment avertie pour ne pas se laisser abuser par des images aussi trompeuses. Pourtant, depuis toutes ces années qu'elle la côtoie, elle lui fait le même effet. À côté des siens, ses enfants à elle sont comme condamnés à être flous sur la photo. Devant elle, elle manque de beauté, d'énergie, d'autorité, de discipline et, surtout, de plaisir à être mère. L'autre jamais ne parle de sa fatigue, de sa lassitude ; elle ne l'entend jamais soupirer ni s'exaspérer.

À d'autres mères qu'elle rencontre et qui la connaissent, elle fait part de son admiration que, évidemment, elle mâtine aussitôt d'autre chose parce que, tout de même, elle a sa fierté de mère elle aussi.

Les sales gosses

Elle se souvient des premières visites qu'elle a faites au pédiatre, des longues attentes dans la salle où d'autres enfants toussent, mêlent leur salive à leur rhume, braillent comme des sales gosses. Elle se rappelle ses regards en coin pour observer les autres mères assises tout autour. La plupart se comportent en femmes avenantes, sourient aux enfants des autres, font mine de ne pas voir que la fillette tuberculeuse vient de postillonner sur le visage de leur poupon. Et que ça donne des leçons de partage, de générosité ; et que ça distribue des petits-beurre et que ça ne dit rien à son propre gamin qui vient de lui marcher sur les pieds pour la centième fois d'une journée commencée à l'aube, par trente-neuf de fièvre. Et que ça remmène aux toilettes, et que ça mouche les nez jaunes. En tous sens, ça s'affaire comme des bonnes mères quand ça n'a qu'une hâte : être reçue dans l'alcôve du médecin, pour en finir avec ces gosses malades et contagieux, et leurs mères aux aguets.

Mais, de temps en temps, il y en a une qui se distingue. Son enfant à elle n'est jamais malade, elle ne vient que pour les vaccins, les visites de routine. Et les autres de s'étonner, de lui poser des questions avides, de lui demander ses tuyaux, de se retenir de la féliciter. Elle ne sait pas, c'est comme ça, question de constitution, une bonne nature, comme on dit. D'ailleurs, le docteur non plus n'a pas d'explication, il dit juste que ça arrive, qu'elle a eu de la chance. Ce n'est pourtant pas faute de l'exposer, le petit, à la crèche d'abord puis à l'école, aux copains bronchiteux et aux cousins gavés d'antibiotiques.

Dans sa petite carrière de mère, elle en rencontre d'autres, des mères d'enfant-jamais-malade, mais elle s'en méfie comme de la peste : pas assez superstitieuses, grandes gueules et menteuses à tous les coups. Sauf que celle qui vient hanter le cabinet du pédiatre ne ment pas. Un jour, sournoise et intriguée, elle demande même confirmation au médecin, qui la lui donne. Elle en repart presque abattue, avec son lot d'otites et de rhinites, et, en chemin, elle songe que, comme toutes les autres femmes de la salle d'attente, elle a son idée sur la question : derrière un enfant-jamais-malade, il y a une mère supérieure à la moyenne.

Gena Rowlands

Plus jeune, elle a adoré Gena Rowlands sous influence. Elle a trouvé le travail de l'actrice exceptionnel, la mise en scène époustouflante, l'histoire magnifique mais, sans oser le dire, elle a détesté le personnage de la mère parce qu'elle l'a jugé, condamné, envoyé de force à l'asile. Elle a un sens critique aigu, un jugement esthétique solide, sûr, éprouvé, mais elle a de vieux restes réactionnaires, pétainistes. Une mère, ça se dévoue, ça s'occupe avec amour, ça donne sans limites et, surtout, ça ne se plaint jamais de son sort parce qu'il est merveilleux. Ce sont des idées de jeune fille. Elle est scandalisée par les scènes où les enfants récoltent la tempête sans l'avoir semée, où la mère déraisonne, frappe, boit, hurle à la mort devant ses agneaux épouvantés. Elle aurait presque envie de se cacher sous le fauteuil du cinéma pour ne pas voir. Et pourtant ce film-là, elle l'a vu et revu, avec ce même plaisir mitigé mais avide.

Aujourd'hui qu'elle est mère, elle comprend le sens terrible du mot « influence ». Elle ne condamne plus rien ni personne. Même les mères qui crient dans la rue et qui menacent de frapper leur enfant ; même celles qui sont grossières et qui manquent de démettre l'épaule d'un petit qui refuse d'avancer. Sans les aimer, elle tolère les mères alcooliques, fumeuses pendant les grossesses, celles qui abandonnent. Elle a un sens de la maternité très lâche à présent, comme un ventre qui a déjà porté. Malgré tout, ça s'est ouvert. Pas uniquement pour le meilleur puisque la violence aussi fait partie du décor. Elle sait désormais qu'être mère est une épreuve à laquelle les plus faibles peuvent perdre leur âme. Elle a senti quelquefois des prémices de défaite éclore en elle. Souvent elle a failli hurler à la mort, battre, abandonner et elle sait que, de nouveau, ça pourra lui arriver. Mais la différence, c'est qu'aujourd'hui, elle est tout bonnement incapable de regarder le film de Cassavetes.

À son amie qui n'aura pas d'enfants

C'est sa plus grande amie, la plus ancienne, sa sœur, son émule. Elle lui raconte beaucoup de sa vie et de son cœur, ses histoires anciennes, ses pensées honteuses, ses dilemmes. Cette femme-là n'a pas d'enfants, n'en aura jamais. Parfois même elle se demande si l'autre ne l'aime pas pour ses enfants au même titre que, elle, elle l'aime pour ceux qu'elle n'a pas. Si l'une cherche le modèle conventionnel, les responsabilités, le rêve de postérité, l'autre jalouse sa liberté et son existence égoïste. C'était couru d'avance puisque, déjà autrefois, elles savaient l'une et l'autre qu'elles allaient vers des vies opposées. Elles auraient dû s'éloigner l'une de l'autre, comme souvent, mais c'est le contraire qui s'est passé. Cependant, sous la complicité et la sollicitude, un autre sentiment a poussé, plus pervers et, forcément, moins avoué. C'est un sentiment en forme de jeu réciproque avec rivalité, feintes et petites victoires où chacune s'amuse à éveiller l'envie de l'autre.

De son point de vue, par exemple, ça donne des conversations au téléphone où elle se plaint d'être débordée, assaillie, jamais tranquille, jusqu'à ce que l'autre la plaigne à son tour et, là, subitement, la voilà qui se rétracte, qui trouve sa vie merveilleuse, pleine ; elle dit qu'elle est comblée, qu'elle ne sait pas ce qu'elle deviendrait sans eux, non, vraiment, elle ne serait rien.

Dans ces cas-là, l'amitié reprend le dessus et l'autre n'insiste pas, mais elles restent sans s'appeler tout au long des jours qui suivent.

Ses humeurs

Avant ça ne lui arrivait pas mais depuis qu'elle a ses enfants, c'est presque systématique. Chaque fois que ses règles doivent survenir, dans les quelques jours qui précèdent, elle passe par une période de mélancolie ou bile noire. Elle a envie de se suicider, elle n'a plus de forces, elle est comme exsangue. Tout ce sang qui se prépare à couler, ça doit trop la remuer, lui rappeler qu'elle porte la vie mais aussi la mort justement, celle qui s'écoule entre ses jambes de mère qui ne veut plus l'être. Autrefois, ça ne pouvait pas lui arriver car elle ne savait pas, elle n'avait jamais eu d'enfants.

Elle appelle ça ses humeurs. Étrangement, elle se ne rappelle jamais la date de ses règles ; elle ne peut donc rien prévoir ni anticiper. Elle se laisse juste prendre de cours. Ça lui donne un côté dix-huitième siècle, de femme sensible et recherchée dans les salons, les causeries, de celles à qui il faut tendre leurs sels.

Il faudra qu'elle demande à son gynécologue ; il aura peut-être un traitement préventif pour agir contre le yoyo de ses hormones. Mais elle se ravise. C'est sa manière à elle d'être liée aux forces du vivant. Brider ses chutes, comme ses élans, ce serait comme prévoir le temps qu'il fera très longtemps à l'avance : pratique et insupportable, car alors la nature n'existerait plus. C'est aussi pour ça qu'elle n'a jamais pu retenir la date de ses règles, au risque de passer pour une imbécile, une arriérée. C'est son petit péché d'archaïsme.

Leur père

Elle passe son temps à ne pas comprendre ses réactions. Il n'éprouve pas de culpabilité, ne se précipite pas le soir pour un dernier baiser, sans doute parce qu'il sait qu'il pourra le faire le lendemain tandis qu'elle, jour après jour, elle en doute. Il ne ressent pas le manque qui, parfois, la conduit elle à l'asphyxie : elle a besoin de respirer leur odeur, d'enfouir son nez dans leurs cheveux, leur cou, sous leurs bras, au pli du genou. Elle s'en imprègne comme d'une essence.

Ça l'intrigue de penser qu'on peut avoir des enfants avec des idées totalement différentes des siennes. C'est son homme, elle le connaît bien, mais c'est leur père, un homme qu'elle ne peut pas connaître. C'est souvent pour ça qu'ils se disputent, ils enragent l'un et l'autre de toutes ces différences qui les font dériver. Il n'a pas envie de leur donner à manger, ni de les laver, ni de les enduire de crème après le bain. Quand elles sont malades, il peut dormir tranquillement sans se soucier d'une fièvre qui grimpe. Il peut s'agacer d'une toux qui ne cesse de déranger son sommeil sans penser qu'elle fait d'abord souffrir son enfant. Il n'a aucun réflexe en somme – d'autres parleraient d'instinct. Mais elle non plus n'avait aucun instinct. Elle a pourtant acquis des dizaines de réflexes. Pas lui.

C'est dans l'ordre

Autrefois, elle songeait que l'amour qu'elle avait reçu de ses parents était immense, anormalement immense et généreux, et qu'elle ne pourrait jamais rembourser. Elle ne pouvait donc être que l'ingrate et persévérer dans ce manque de reconnaissance qui la torturait. Quand elle a eu ses enfants, elle a compris. Elle les aime elle aussi d'un amour immense qui les rend insolvables, qui en fait des ingrats par nature et nécessité. Elle sait que c'est dans l'ordre des choses. Elle n'est donc pas plus exceptionnelle que ses parents qui ne l'étaient pas plus que les leurs… Non, tout cet amour dont elle parle et qui la nourrit n'a vraiment rien d'extraordinaire. Pas de quoi en faire tout ce plat.

L'ambulance

Parfois, le soir quand elle rentre chez elle, elle croise une ambulance qui tente de se frayer un passage dans les embouteillages. Sa première réaction, c'est de penser que cette sirène est assourdissante, que la ville crée de ces nuisances, qu'il faut s'armer de calme pour ne pas pleurer sous les trombes d'eau, quand la nuit tombe, que la journée s'est mal passée, que les enfants vont l'éreinter. Mais les embouteillages résistent, l'ambulance n'avance pas. Et la sirène trépigne. Elle regarde alors la petite camionnette, se rend compte qu'elle n'a pas, tout au long de ces minutes vrombissantes, voulu la regarder, qu'elle était dans ses pensées qui, justement, la ramènent à l'ambulance. Dedans il y a peut-être un enfant qui souffre. Une crise d'appendicite aiguë, une occlusion intestinale, une méningite, un empoisonnement. Tous ces dangers auxquels pensent les mères sans s'y attarder parce que, sinon, elles n'auraient qu'une solution : devenir la siamoise de leur enfant pour tout prévenir, tout éviter, tout soigner. Des mères s'en-fout-la-mort parce qu'elles seraient plus fortes qu'elle.

À chaque nouvelle personne embauchée pour garder ses petites, elle a donné d'entrée de jeu un bristol avec tous les numéros d'urgence, en expliquant, en soulignant, en mettant les personnes de secours et les personnes de secours des personnes de secours. Ça fait une longue liste chaque fois, qu'elle a ordonnée avec réflexion et sens des priorités. Sa mère devance sa belle-mère et la voisine du dessous celle du dessus. C'est dans sa tête, sans grande raison objective, ça n'a d'ailleurs pas toujours à voir avec l'urgence. Tant pis, elle s'en fiche. Ce bristol est conjuratoire, elle le sait ; c'est le talisman qu'elle donne à celle qui doit veiller à sa place et braver la mort qui menace. Quand elle le donne, elle fait le vœu secret mais tellement profond – si elle a des entrailles, c'est de là qu'il vient – qu'on n'en ait jamais besoin, que le petit carton soit là en lieu et place du danger, qu'il l'annule, le chasse de sa maison, l'enferme à jamais dans l'ambulance qui transporte l'enfant d'une autre.

Son dernier enfant

Quand elle marche dans la rue, il lui arrive de se dire qu'elle est enceinte, surtout quand elle vient de croiser une femme qui l'est ostensiblement. Non qu'elle ait le moindre retard, seulement une petite sensation, ténue, imperceptible ; un spasme, une bulle d'air dans le creux de son ventre qui fait tressaillir sa peau et qui, subitement, la leste. Elle retrouve aussitôt l'impression d'un poids dans son bas-ventre qui ralentit son allure. À l'entendre, on songerait qu'elle aime ça, être enceinte, qu'elle en rêve, quand c'est tout le contraire. Elle déteste et elle aime le dire. Surtout à sa mère, car ces choses-là ne se disent pas. Elle devrait penser à toutes ces femmes stériles qui donneraient leur âme pour un enfant. Certes. Mais précisément, elle ne pense pas à ces femmes-là quand elle dit ces choses-là avec le même plaisir interdit qu'une injure. Elle s'amuse en réalité à viser sa mère en plein cœur, en plein ventre, à l'endroit même qui lui a donné toute sa raison d'être, sa ribambelle de bébés.

Mais comment est-ce possible ? Elle, la si belle, la si rayonnante lorsqu'elle porte ; elle dont le teint diffuse une lumière nouvelle, qui a l'humeur rieuse et le sexe joyeux. Elle dont tout laisse penser – aux autres – qu'elle adore ça, porter ses bébés. Mais non, pourtant, elle déteste, elle est sincère, elle en a une sainte horreur. Elle aurait bien du mal à s'expliquer là-dessus, elle ne le fait d'ailleurs jamais.

C'est en tout cas comme ça qu'elle se comporte et s'affiche lorsqu'elle a toute la vie devant elle et que l'idée de la fin ne vient nullement la troubler. Elle est jeune, vaillante ; elle est immortelle. Elle a décidé qu'elle n'aurait plus d'enfant parce qu'elle veut profiter de la vie ; c'est sans appel. Et puis, brusquement, un nuage passe : elle songe qu'elle n'aura plus jamais d'enfant. L'une de ses deux filles est sa dernière. Petite joueuse, n'est-ce pas, à côté de ces valeureuses mères de famille nombreuse, à commencer par la sienne. Ou cette femme, l'autre jour, dans le magasin de chaussures, qui n'en finissait pas de vider les rayons pour chausser douze pieds. Même la vendeuse n'en est pas revenue de la voir si mince, si souriante, si calme à choisir ses chaussures dans la cohue d'une boutique bondée d'enfants brailleurs. Alors elle a relevé la tête de sa boîte et elle l'a regardée, songeuse, brusquement très calme elle aussi, plus du tout énervée par le coloris trop criard qui ravissait sa petite, laquelle ne tenait plus en place. Elle l'a laissée courir à l'autre bout du magasin, elle ne l'a pas hélée, elle n'a plus rien dit. Elle a juste eu envie d'aller trouver la mère des six enfants, de lui taper sur l'épaule et de, bêtement, lui demander « Comment faites-vous ? ». Sa question de petite joueuse noyée dans un verre d'eau. Bien sûr, elle n'en a rien fait, elle n'a pas bougé, elle a regardé sa fille avec des yeux humides, l'a serrée fort contre elle, a respiré son cou parce que sa peau y sent plus le bébé que partout ailleurs. Sur ses lèvres, elle a cueilli son babil en se réjouissant d'être la seule à le comprendre et elle a embarqué la paire de chaussures vert pomme. Parce que c'est sa dernière et qu'elle lui doit ce qui reste de jeunesse féconde en elle.

Un jour, elle n'aura plus d'enfant parce qu'elle ne pourra plus en avoir. Si, pour l'instant, c'est une décision, un jour, ce sera une fatalité. Trop vieille, trop exsangue, trop étroite, plus assez généreuse pour donner de sa personne et de son corps.

Cette idée la meurtrit. Son allure se ralentit. Sauf que, cette fois-ci, c'est une lenteur d'agonie.

Marcel

L'autre jour, c'est idiot mais en regardant ses enfants, elle songe que toutes ces choses importantes qui l'ont faite comme elle est, des livres, des auteurs, des tableaux, des scènes de films, ses petites n'en ont jamais entendu parler. Et pourtant, quoi de plus important à ses yeux que ces deux enfants-là ? Sûrement pas ces références, ce n'est même pas la peine d'y penser, ça n'a rien à voir, aucune commune mesure. Mais elle ne serait pas cette mère-là si elle ne portait au fond d'elle ces couleurs, ces mots, ces souvenirs.

Un seul exemple, elles sont à la campagne, ses filles et elle, chez une amie, dans le Perche. C'est un week-end de printemps, tout le monde se promène. C'est une image idyllique, des mères sereines qui marchent derrière leurs enfants qui courent en riant. La lumière est douce, le vent très léger. Elles sont près d'Illiers-Combray, un village qu'elle ne connaît pas mais qui lui est profondément familier, cher à son cœur. Elle le dit à son amie, prononce le prénom de Marcel. Sa fille le saisit en plein vol, demande qui c'est mais, prise par ses jeux, rejoint les autres enfants, loin devant. Elle n'a pas eu le temps de répondre, a laissé sa fille filer et, tout en continuant sa promenade idyllique, elle sent comme une ombre, une distance nécessaire entre son enfant et elle.

Si la petite découvre un jour ledit Marcel – ce qui n'est nullement garanti –, ce ne sera certainement pas par son intermédiaire mais par celui d'un professeur ou d'un jeune amoureux lettré. Elles ne partageront probablement jamais ces objets d'amour-là.

Son corps a changé

Elle a eu deux enfants mais elle n'a plus de corps. Comment dire ? C'est un sentiment étrange de dépossession, de corps donné en pâture – non pas « livré » –, au cœur de ce flot perpétuel de gestes et d'attentions prodigués. Elle a encore des sensations assez nettes, décèle aisément sa fatigue – c'est en outre ce qu'elle décèle le mieux – ou, au contraire, sa vigueur lorsqu'elle entreprend de les porter toutes les deux, une sur le dos, l'autre devant, avec une facilité dont elle aime à se dire qu'elle est tribale, africaine. Mais malgré tout, elle ne voit plus son corps pour ce qu'il est, seul, sans les enfants. Ou bien, s'il lui arrive de se contempler dans une glace, elle boude son image, la rejette, pense qu'elle s'est abîmée. Inutile d'être très perspicace pour faire la différence entre un corps de jeune fille et celui d'une mère, mais souvent ce ne sont que des mots. Pas pour elle. Autrefois, elle était fière de ses hanches qu'elle imaginait en forme d'anses offertes à l'étreinte des hommes. Si l'amphore est brisée désormais, c'est parce qu'elle s'est transformée en arbre solide auquel ses enfants se suspendent avec confiance. Néanmoins, elle ne peut s'empêcher de regretter quelquefois ce temps où elle était cassable, vulnérable, et donc indigne de confiance.

C'est passager, se dit-elle, elle n'aura qu'à faire du sport, des massages, des séances en institut de beauté ou beaucoup l'amour, mais, dans le fond, elle sait bien que non. Comme toutes ces femmes qui, du jour où elles sont devenues des mères, ont reporté sur leurs petits l'immense quantité de soins qu'elles se destinaient. Sans calcul ni préméditation d'aucune sorte, le plus naturellement du monde. C'est pour cette raison qu'elle regarde les plus grosses avec une certaine tendresse ; elle se dit qu'elles n'ont pas pu reprendre leur corps ; qu'il leur a échappé, glissé des mains, qu'elles l'ont bel et bien livré en pâture, qu'elles ne doivent plus avoir de sensations nettes. Malgré leur volume, elles n'ont plus vraiment de forme à elle, avec des contours francs, délimités, distincts. Elles s'incarnent dans une matière familière qu'elles entretiennent un minimum mais elles sont toutes hors d'elles-mêmes, elles sont devenues la chair de leur chair. D'où, parfois, ces kilos qu'elles gardent longtemps après, comme des plaies ouvertes.

La nausée

Ils partent en vacances, ils roulent vite. C'est une journée lumineuse. Tout va bien. La radio chante, les filles chantent, le père les regarde, ébahi, dans le rétroviseur intérieur. Puis c'est le drame : la grande arrache à la petite son jouet, la petite pleure, le père crie, les deux enfants hurlent « Maman ! ». Elle se retourne, parlemente, a mal au cœur parce que, déjà toute petite, les trajets en voiture, ça lui donnait la nausée. Ça doit se voir, sa nausée, ça doit lui enlever toute crédibilité. Ses paroles ne règlent rien, les pleurs redoublent, le père s'énerve, fait des reproches. Elle regarde de nouveau la route parce que vraiment, sinon, elle va vomir sur ses enfants. « Maman ! » « Maman ! »

Soudain elle voudrait être seule à Paris en plein mois d'août.

Les pour et les contre

À l'âge qu'elle a, elle a encore des amies qui n'ont pas d'enfants. À celles qui ne peuvent pas, elle ne dit strictement rien, à peine si elle leur parle des siens ; mais à celles qui ne s'y résolvent pas, elle cherche à dire des choses pour les convaincre. Pourquoi ? Pour partager cette expérience avec des proches ? Peut-être. Se sentir prise dans le mouvement général des mères et ainsi transformer une décision individuelle en nécessité du genre ? Oui. Refuser de croire qu'elle aurait pu faire autrement ? À coup sûr.

Officiellement, elle invoque la féminité qui s'accomplit dans la maternité – elle en est la preuve. Mais, en sourdine, elle s'interroge et, patiemment, dresse des colonnes de pour et de contre. D'un côté, la naissance de l'amour, le plaisir intense de la découverte, la force du don, le sens de la vie… En face, la fatigue, les contraintes, l'angoisse, le temps qui manque. Pour finir, elle se retrouve bien souvent avec des colonnes à peu près égales. Elle songe alors qu'elle a cédé à la pression familiale, sociale ; qu'elle est victime de l'idéologie, que, autrement, elle ne passerait pas son temps à se plaindre ; qu'elle ferait bien de ne pas chercher à convaincre les plus réticentes, qu'au moins celles-là sont libres, qu'elle n'a aucune leçon à leur donner. Ça ne l'empêche pourtant pas, année après année, de remplir ses fichues colonnes pour un jour trouver l'argument infaillible. Ou, plus modestement, constater que la colonne des contre est nettement moins remplie que l'autre ? Et, soulagée, porter la bonne nouvelle aux amies récalcitrantes.

La bénédiction

C'est un après-midi d'hiver. Sa fille fait la sieste, abandonnée sur un lit ayant appartenu à des aïeux. Un grand lit entièrement tapissé, du dos aux quatre pieds, dans une étoffe élimée. Elle ne fait que passer pour vérifier que l'enfant dort paisiblement au chaud, à l'abri des frimas de la campagne alentour. Elle aime cette sensation de foyer reclus, de vapeurs de thé qui, de l'intérieur, rivalisent avec la fine couche de gel qui s'est déposée à l'extérieur des carreaux. Elle se sent alors reine en son royaume. Elle range, elle fait la cuisine, elle pourrait même coudre au coin du feu.

La petite est ensevelie sous les gros édredons, ronfle très légèrement. Au-dessus de sa tête, un crucifix, une feuille de buis, de vieux objets suspendus là depuis des lustres, tant et si bien qu'ils se confondent avec les motifs du papier peint. Mais, ce jour-là, ils ne lui échappent pas. Elle n'est pas croyante, ne se sent d'aucune religion, d'aucune chapelle. Et pourtant elle regarde parce que, en dessous, il y a le visage abandonné de sa fille. Elle n'est pas simplement attendrie, elle serait presque apaisée. Car la proximité parle comme un augure, une bénédiction. Elle prend les choses sans foi ni croyance mais avec l'avidité comblée des gens superstitieux.

Le zinc

De temps en temps, avec les autres mères de l'école, elles s'invitent à boire des cafés, debout au zinc, rapidement, comme des hommes. Ses filles ont des copines qui ont des mères et ces mères sont devenues ses copines. Elle aime le dire à ses vieux amis, ceux qu'elle a connus du temps de sa propre école. En somme, c'est une façon pour elle d'y retourner, à l'école, à même les bancs justement, là où s'expriment les affinités. Elle retombe en enfance et revit le plaisir de ces élections-là. Ses filles sont encore petites, donc sujettes à la jalousie des amitiés duelles, triangulaires, aux ruptures qui menacent et aux serments recommencés. Des enfantillages qui babillent en cour de récréation et qui l'affectent. Comme ses enfants, elle a noué de nouveaux liens qui l'exposent aux petites jalousies, aux préférences narquoises. Comme eux, elle n'aime pas non plus la fin de l'année et encore moins la fête qui la célèbre. Et, quand elle passe le seuil de l'école, malgré ses habits de maman, ce qui, jour après jour, la saisit, c'est cette odeur de carrelage passé au détergent, cette acidité tenace qui la poursuit depuis trente ans.

Elle est marraine

On l'a nommée marraine. Ça n'a rien à voir avec la religion, c'est une question d'amitié. Elle n'a jamais pensé à ces choses-là pour ses propres enfants. Jusqu'aux faire-part qu'elle n'a même pas envisagés. Bizarrement, ça ne l'a pas traversée sauf, peut-être, quelques brefs instants, en recevant ceux des autres parents, quand elle s'est dit qu'ils connaissaient un bonheur plus grand que le sien. Quelquefois, elle imagine que c'est sa superstition – sa peur de faire savoir – qui la rend étanche à ces rituels.

Alors, quand on lui demande d'être marraine, elle ne s'y attend pas du tout, elle est émue. Et, très normalement, elle se sent proche de l'enfant ; elle aime l'appeler « mon filleul ». C'est tour à tour comme l'inédit masculin de « fille » – elle qui n'aura jamais de fils – et, plus étrange, une filiation plus lâche, qui l'engagerait moins, une fille qui compterait pour du beurre. Il n'empêche qu'elle prend souvent de ses nouvelles, le trouve attendrissant, elle se surprend même en devoir de le protéger. Elle passe des heures à se demander ce qui la touche tant dans cette affaire.

Un matin, elle comprend. Ceux qui l'ont ainsi nommée ont honoré sa maternité : si elle est la marraine de leur enfant, c'est surtout parce qu'elle leur plaît comme mère pour les siens. Elle comprend donc qu'elle a besoin de reconnaissance et que, en la matière, elle n'en a jamais assez. Ni de son mari ni de sa propre mère. Elle ne va pas à la pêche aux compliments mais elle aimerait les entendre de temps à autre, entre deux doutes, deux flagellations.

Au hammam

Elle s'est accordé un répit, une brève escapade. De ces moments qui font tant parler et rêver les mères des enfants en bas âge : un transat pour lire, un hamac pour dormir, un hammam pour suer.

Les gouttes de vapeur rendent son corps huileux. Elle se frictionne pour faire tomber les peaux mortes, les toxines ; elle songe qu'elle œuvre à sa propre mue, qu'elle se purifie de l'extérieur. On ne sait jamais, ça chassera peut-être aussi les pollutions de l'âme. Elle ne perd rien ni à essayer ni à croire. Elle est là depuis quelques minutes, toute nue sur le carrelage brûlant, les yeux fermés, les muscles à l'abandon. Une sensation qui lui rappelle aussitôt les mille et une contractions de sa journée, ses portages nombreux, ses ramassages, ses rangements, le corps plié en deux. C'est pour ça qu'elle se sent si entière subitement, cohérente, sans activité pour la diviser – les jambes d'un côté, la tête ailleurs. Ça ne l'empêche pas de divaguer, de laisser son esprit courir entre les nuages de vapeur, mais la différence, c'est que son corps aussi peut le faire : sa transpiration accélérée serait comme les émanations de sa rêverie, son écume.

Pourtant elle regarde l'horloge, trouve le temps long, s'en veut d'être ici à se prélasser tandis qu'ils l'attendent. Ou bien serait-ce une ruse pour mieux goûter l'instant ? Ou, plus retors encore, une manière de lui préférer le bonheur d'aller les retrouver, la conscience enfin tranquille.

Le démon de la comparaison

Elle ne peut pas s'en empêcher. Quand elle passe quelques jours avec sa famille en compagnie d'une autre famille, elle observe tout ce qui se passe entre l'autre mère et ses enfants. À la table des repas, lors des séances d'habillage, en cas de conflit, quand la mère s'énerve contre ses petits, contre leur père. Tout l'intéresse, tout l'engage au premier chef. Si l'autre propose une omelette au dîner, elle songe aussitôt que ses enfants n'aiment pas les œufs et que c'est un problème, son problème. Quand elle voit l'autre mal distribuer ses fessées ou ses sermons, elle sent mousser en elle un léger contentement – elle n'est pas si mauvaise en fait. Mais elle n'est pas dupe, elle est certaine que l'autre mère aussi l'observe. Et ça l'amuse de penser que les vacances à plusieurs ou les week-ends ne sont rien d'autre que de vastes occasions pour les mères de se jauger. Chacune y va de ses unités de mesure qui n'appartiennent qu'à elle et qu'elle tient en général de sa propre mère : l'autre serait-elle du genre à beaucoup couvrir, embrasser, gronder, nourrir, diriger, stimuler, protéger, promener, négliger… Ça donne alors des réunions plus ou moins détendues, traversées de rivalité larvée où chaque mère redoute d'être un peu plus mauvaise que l'autre. Ça donne des femmes en apparence très sûres d'elles mais qui, chaque soir, au moment de se coucher, menacent de s'effondrer aux côtés d'un homme qui ne peut pas comprendre.

Les espaces verts

Pourquoi, elle qui a grandi en ville, est-elle comme toutes les autres hantée par l'idée qu'un enfant, ça s'élève dans la verdure ? Parce que, objectivement, il y a du vrai. Mais il n'y a pas que ça ; sinon, ça ne tournerait pas à l'obsession. Non, au fond d'elle, si elle cherche bien, comme chez toutes les autres, il y a l'idée du paradis. Un enfant grandit mieux au paradis car l'Éden n'est pas qu'une garantie de santé organique ; c'est aussi un gage d'innocence, de pureté, de non-souillure absolue. Nécessairement, son enfant est de ce côté-là. Il n'y a qu'à la regarder regarder ses filles lorsqu'elles courent sur un chemin de campagne ou dans une prairie : ses yeux contents, son air fier, dénué de toute culpabilité.

Une fois n'est pas coutume : elle se sent une mère très digne, certaine de donner le meilleur.

Le thé

Depuis la naissance de ses filles, elle connaît l'enfer des conversations obligées qu'elle tente de fuir comme la peste. Celles des bacs à sable, des salles d'attente, des vestiaires, des voyages en train, de tous les lieux où les enfants obligent les mères à se frotter les unes aux autres. Ces milliers de mots échangés qui ne sont que comparaisons maquillées et attentions hypocrites. Du faux, du faux, du faux. Même si les mères prennent toutes un plaisir réel et salutaire à lorgner sur celle d'à côté, à commencer par elle. Alors, depuis, elle se tait, ne s'enquiert plus de l'âge ou du prénom, arbore un sourire étale et muet, histoire d'être juste agréable. Parce qu'elle pense avoir compris qu'une mère ne s'intéresse qu'à ses enfants, que tout le reste est feinte.

Comme, par exemple, cette femme en bleu, croisée toutes les semaines au cours de dessin, dont la fille est devenue l'inséparable de la sienne. Elle n'a aucune envie de lui adresser la parole ; à cause du serre-tête, de cet air affable et disponible, de ce contentement qui l'anime lorsqu'elle sort du couloir après avoir déposé son enfant, le sentiment de bien faire qui traîne derrière elle comme une odeur écœurante. Pourtant, un jour, la dame l'invite à prendre le thé, les filles seront contentes, ils habitent juste à côté, le thé vient de lui être offert, elles passeront un moment agréable par ce froid de gueux. Elle hésite, danse d'un pied sur l'autre en face des portemanteaux, regarde par la fenêtre, se torture de l'intérieur comme une serviette essorée, c'est à ça qu'elle pense, une serviette essorée, une torsion à faire blanchir ses phalanges, tandis que l'autre lui sourit, vaguement inquiète du temps qu'elle met à lui répondre, n'en revenant visiblement pas qu'on puisse décliner une aussi délicieuse invitation. Or la voilà qui refuse. Non, elle ne peut pas, elle est navrée, une autre fois peut-être. Tant pis. Elle reste un long moment dans le couloir. Sa fille a ramassé toutes ses affaires, elle est prête. Pas elle. Ce n'est pas si terrible pourtant de refuser une invitation – de dernière minute, qui plus est – à quelqu'un qu'on n'apprécie guère, et à qui on ne doit rien. Alors pourquoi tout ce trouble ? Pour l'idée du sacrifice qu'elle y a aperçue, furtivement : en y allant, je me sacrifie pour ma fille ; en refusant, je cède à mon désir. Encore et toujours les grands mots.

Sa mère ou elle

Quand les filles sont chez sa mère, elle est tranquille, presque sereine. Aucune mauvaise conscience ne l'effleure à l'idée de faire garder ses enfants par une autre. Auprès de sa mère, rien ne peut leur arriver, comme par magie. Parce que sa mère, c'est comme elle, le même patrimoine génétique, les mêmes gestes, les mêmes intonations. Ces inflexions de la voix qui, lorsqu'elle les reconnaît, la ramènent des dizaines d'années en arrière, lorsque c'était sur elle qu'elles portaient. Elle est sa mère ou c'est sa mère qui parle en elle lorsqu'elle promet, menace, tance ou sermonne ; toute la morale de son discours, ses valeurs lui viennent d'elle. D'une certaine manière, quand ses enfants sont avec la mère de leur mère, ils ont la version d'origine, le modèle, la matrice absolue. C'est sa maternité prodiguée à la source. Alors, en effet, quoi de plus bénéfique et protecteur que ce jaillissement-là ?

Leurs voix

Elle est seule, très loin de sa maison, dans une chambre d'hôtel pour hommes d'affaires. Elle est là pour travailler, faire la maligne, être intelligente et efficace. Étrangement, ça la repose. On lui demande sans cesse si ce n'est pas trop difficile de laisser ses petits si longtemps, le jour, la nuit, à des étrangers, mais non, répond-elle, tout va bien. Certes, c'est du travail mais elle peut prendre un bain dans une grande baignoire sans canards jaunes, dormir nue ou lire en travers de son lit. Enfin, elle se garde bien de donner tant de détails… Néanmoins, entre deux prises de parole en public, elle entend des voix, les cris de ses enfants qui se chamaillent au fond de la chambre, sa fille qui l'appelle pour qu'elle vienne voir. Au début, elle bondissait. Désormais, elle traîne les pieds ; ça ne l'empêche pas de sincèrement s'émerveiller sur un dessin ou un déguisement mais c'est comme des bras qui l'arrachent dès qu'elle essaie de s'atteler à quelque chose. « Viens voir ! » martelé toute la journée, c'est ces bouts de temps volés qu'elle tente désespérément de raccommoder. En vain.

« Viens voir ! » Elle s'arrête un instant, net au milieu de sa phrase ternaire, puis elle reprend, mais dans l'intervalle elle les a entendues. De loin, de si loin, qu'elle se surprend à ne plus y penser, à oublier qu'elle est mère, à se prendre au jeu de la maligne qui fait aussi la coquine, la badine, la mutine, etc. Sans doute se rappellent-elles à elle, comme des voix de l'au-delà qui lui intiment son devoir, sa mission. Un jour, elle demande même à son voisin s'il n'a pas entendu des pleurs d'enfant. Il dit non, mi-amusé mi-indigné qu'elle pense encore à ces choses-là, comme ça, en plein travail. Mais ce ne sont pas des pensées, ce sont des voix qui fusent et glissent sur sa chair. Des marques indélébiles qui lui intimeront toujours leurs bavardages impérieux.

La ressemblance

On lui dit qu'elles lui ressemblent, c'est très net, surtout la cadette. Elle ne répond rien, elle sourit. Elle est un peu fière mais elle éprouve également un étrange malaise, comme si elle était flouée. Ce que les autres voient, elle ne fait que l'apercevoir, le saisir en plein vol, comme un effluve qui, aussitôt, lui échappe, elle n'y voit plus, ça s'évapore. Elle a besoin d'une photo pour fixer un tant soit peu cette ressemblance qui la flatte, mais les yeux au-dessus du papier, c'est une autre qu'elle contemple. Et pourtant, c'est son image, son visage lorsqu'elle est enfant.

Elle a les cheveux mouillés parce qu'ils rentrent de la plage et qu'elle a pris sa douche. Sa mère l'a patiemment coiffée, on voit encore les sillons du peigne ; elle porte un ensemble en éponge, très doux, qui sent sûrement un peu la lessive. Elle est propre et fraîche après des heures à s'être ébrouée dans le sable et l'eau salée. Elle retrouve toutes ces sensations en même temps qu'elle regarde sa photo mais son visage est comme celui d'une autre. Parce qu'elle n'en a pas d'autre expérience que ces images, ces reflets dans la glace ou dans la mémoire. Comme tout le monde. Personne ne peut voir son propre visage en face, sans biais. Un enfant qui lui ressemble, ça devrait donc lui donner l'occasion de se voir enfin, en vrai, et sans pose ; mais non. Car l'enfant mélange ses traits à ceux d'un autre, de plusieurs autres, et, d'une certaine manière, les noie. Du coup, l'image divague, dérive, va vers d'autres et la laisse sur le bord où elle cherche encore à saisir quelque chose d'elle, sauf qu'à la fin de l'histoire elle est bredouille. C'est bien pour ça qu'elle est partagée entre la fierté d'être le modèle principal et l'extrême frustration d'être mélangée. Elle voit bien que sa fille ressemble fort à cette enfant sur la photo mais, outre les sensations, ça ne lui revient pas. Sa tête ne lui revient pas.

Les clochards

Elle a cette manie qui consiste à regarder les clochards d'une drôle de manière. Sous leurs traits bouffis et rougeauds, elle cherche le visage du bébé, le poupon qu'une mère autrefois a soigné, protégé et adoré. Évidemment, ça l'attriste profondément, tout ce désespoir aviné, ça la dégoûte même. Mais l'altruisme ne résiste pas longtemps à ses propres projections : elle songe qu'elle n'est pas à l'abri, qu'un jour peut-être ses filles l'oublieront et partiront se perdre dans des errances aussi catastrophiques. Elle y pense lorsqu'elle dit un mot de trop, surprend en elle des désirs d'abandon ou une sombre lassitude pétrifier tous ses élans.

Le fil de la vie

Petite, elle s'endort mille fois le visage en larmes. Avec la souffrance mais aussi l'apaisement que donnent les sanglots d'avant le sommeil. Sa mère va mourir, l'abandonner aux forces du mal, à tout ce qui n'est pas elle, ses baisers, sa chaleur. Son père n'apparaît jamais ou très peu ; soit il meurt aussi, soit sa présence ne la console de rien. Son chagrin n'a pas d'issue. C'est la nuit que ça la prend, tout le temps.

Maintenant, ses enfants sont là. Sa mère n'est pas morte mais elle, elle est fin prête à la voir mourir, même avant de dormir, car ses larmes sont désormais pour ses filles. Elle a presque honte de la certitude avec laquelle elle envisage tout ça. Comme une passation, une relève exacte, précise et sans failles, le fil de la vie. Ce sont les mots qui lui viennent un jour lorsqu'elle tâche de s'en expliquer à une amie qui n'en revient pas d'un tel aplomb. Elle, elle n'y voit aucun scandale. C'est sa très rare sérénité de mère qui a compris que la maternité servait aussi à tisser le fil de la vie et à ne plus pleurer sur la mort de ceux qui nous l'ont donnée. Sinon, comment s'en remettre ?

La fête des mères

Elles l'attendent en bas de l'immeuble. Sa mère et ses filles, pour aller pique-niquer. Une matinée idyllique, de jolies robes à fleurs, une baguette qui dépasse du grand panier d'osier. Elle n'a aucune raison de s'en faire, tout va comme elle l'avait prévu. Jusqu'à ce que sa mère fasse une petite remarque, piquante, désagréable, presque anodine. Elle se jette dessus, balance le panier qui se dévide sur le trottoir ; la baguette qui se brise dans l'eau du caniveau. Elle est en train de hurler dans la rue comme une pauvre folle. Sa mère regarde autour d'elle, apeurée par les yeux qui se posent et qui jugent, s'efforce de la calmer mais en vain, elle est sourde. De même qu'elle n'entend plus ses filles qui se sont mises à pleurer, qui doivent la supplier d'arrêter, de redevenir la mère calme et douce. Elle se sent comme un volcan en éruption, une Phèdre écumante, baveuse. Elle a beau hurler, elle construit correctement ses phrases, en choisit même les mots avec soin. Ses filles pourraient se jeter sous les roues d'une voiture qu'elle ne serait pas certaine de réagir. Elle est ivre de sa colère, possédée par toutes sortes de hargnes et de rages qui se déversent de son corps si mince, si réservé, si discipliné. Sa mère ne l'a jamais vue dans pareil état, elle le lui dit, ça l'excite encore plus, ce spectacle qu'elle donne d'elle. Ses filles ont déjà assisté à ses transes, pas sa mère. Et c'est pour ça, pour elle, qu'elle donne libre cours à sa possession, et dans la rue en plus. Histoire d'être bien en vue, l'objet de tous les regards. Elle ne voit plus ses enfants mais sa mère ne disparaît pas un seul instant de son champ. Elle est vieille, fatiguée, à peine remise de sa grippe, chargée de paquets, accablée sous le poids de grands sacs qui contiennent ses affaires à elle, son drap de plage, sa crème solaire, son gros roman de six cents pages, ses bouteilles d'eau. Elle aurait dû l'alourdir davantage pour que la frêle silhouette plie plus encore. Elle a besoin de la faire souffrir et que ça se voie. Que les passants la trouvent monstrueuse, indigne, ingrate, sadique. Elle ne veut pas être seule à souffrir. Sa mère doit l'accompagner, être totalement compatissante.

Quand le calme est revenu, elle cherche à comprendre d'où lui sont venus cette jubilation, ce soulagement. Du besoin qu'elle a de montrer à sa mère – et en présence de ses filles – de quel bois se chauffe sa propre maternité, sa fragilité volcanique. Elle n'est pas comme sa mère. Elle, elle marche sur le fil du rasoir, prend des risques tous les jours, y compris dans ses actes les plus ordinaires, comme ce pique-nique en forêt qui partait d'une si belle intention. Parce que, demain, c'est la fête des mères et qu'être mère, ça se fête.

Les sœurs

Ses filles ont de temps à autre des élans de tendresse l'une envers l'autre. Elles se prennent dans les bras, s'étreignent avec une certaine ostentation pour lui montrer qu'elles s'aiment, qu'elles sont sœurs et complices. Sur le moment, ça la comble. Elle songe qu'elle a relevé son défi, qu'elle a réussi à tisser ces liens d'amour, que sa famille existe. Elle relativise alors ses maladresses et ses erreurs, qui n'ont pas pris le pas sur les succès. Mais la démonstration de ses enfants la trouble ; c'est trop de théâtre, de distance et de jeu pour signifier l'adhésion parfaite, comme si les petites n'étaient pas dupes et qu'elles savaient que leur mère a besoin de cette image pour souffler. Alors, l'instant d'après, elle voit les années passer et les filles qui font leur vie. Chacune de son côté, différentes, rivales, fières de se distinguer jusqu'au jour où elles ont tout oublié de leurs étreintes, où elles ne peuvent plus du tout s'approcher. Ça ne voudrait donc rien dire cette tendresse de l'enfance car si, plus tard, les sœurs se séparent, elle aura tout raté.

Le scandale

Un jour, pendant leurs jeux, elle effleure le sexe de sa fille aînée. Sur ses doigts, elle sent l'odeur mais elle ne court pas se laver les mains. Sur le moment, ça la scandalise, elle songe qu'elle vient de commettre une chose terrible mais, pour autant, elle ne bouge pas.

Des heures plus tard, elle y pense encore mais elle comprend mieux son inertie : le corps de sa fille, c'est encore le sien. Donc elle ne voit pas le scandale.

La trousse de toilette

C'est une conversation au téléphone. Elle parle avec une amie d'un week-end à la campagne. Il est question d'organisation, de choses à emporter, d'un lit pliant, d'horaires de train, de bouteilles de lait à prévoir pour le lendemain matin, si elles arrivent tard et que leur hôte n'y a pas pensé. L'amie croit qu'il y pensera, pas elle, elles ergotent un peu. Ça commence comme ça et puis ça se tend davantage. Elles évoquent l'intérêt du lit-parapluie mais aussi son poids, son volume. Elle propose de prêter le sien à son amie, dont l'enfant est plus jeune. Celle-ci refuse, dit que ce n'est pas la peine mais, trop contente, finit par accepter. Faudra-t-il prévoir d'apporter des légumes verts pour le déjeuner ? C'est férié, tout sera fermé, et ça vaut mieux que des pâtes. Oh, pour une fois, ils peuvent bien s'en passer. Mais non, les légumes verts, c'est capital, et puis, les pâtes, ils n'aiment pas ça. Comment ? Tous les enfants en raffolent ! L'autre obtempère mais sa voix n'est plus la même, elle se crispe. Elle l'imagine lovée dans sa bouche avec une crampe en plein milieu pour la figer, la mettre en boule comme un animal hostile. Après, ça dégénère. Qu'il soit question de crème solaire ou de crayons de couleur, elles s'affrontent. Chacune rivée à ses certitudes de mère qui croit faire pour le mieux, donner le meilleur tandis que celle d'en face, à un moment inattendu et alors qu'on la croyait alliée, menace terriblement. C'est encore pire quand ça vient d'une amie, toutes ces leçons qui se donnent des airs dégagés mais qui, au moindre désaccord, tranchent comme des lames. Après tout, elle n'a qu'à faire comme elle veut, dit-elle en pensant qu'elle fait mal, tellement plus mal qu'elle.

Quand elle a raccroché, elle est certaine que le week-end sera désagréable, ne sait pas ce qui lui a pris de le proposer ; elles vont passer leur temps à se bouffer le nez pour des broutilles. Les mères ont des manies qu'elles prennent un malin plaisir à incarner dans les choses.

Le week-end commence. Les crispations sont bien là, dès l'arrivée dans la maison jusqu'au lendemain soir où le petit de son amie fait une subite poussée de fièvre. La mère a tout oublié, thermomètre et suppositoires, mais heureusement, elle, elle a tout. Dans sa trousse de toilette. Elle offre ce qu'elle a avec une générosité confondante, comme des bonbons, comme des offrandes miraculeuses. Et l'autre se ronge les ongles, n'en revient pas d'avoir oublié sa petite pochette bleue sur le lavabo, c'est le genre de choses auxquelles elle pense en premier, elle se demande ce qui lui a pris, c'est le stress, et puis elle est seule à préparer les sacs, son mari ne l'aide pas, elle court toute la journée de la maison au bureau, du bureau à la crèche. L'ongle de son index saigne, elle prend un mouchoir en papier, enveloppe son doigt dedans puis se met à pleurer. Comme ça, tout à trac. Non pas tant parce que son bébé est malade mais parce qu'elle n'a pas été à la hauteur. Elle est battue, elle l'avoue. Et du coup, comme par magie, les crispations se relâchent. Des deux côtés. Comme s'il suffisait que la rivalité bascule pour cesser aussitôt, le pire étant de ne pas savoir, d'être en lice.

Du haut de sa victoire, elle la rassure, la console, la prend même dans ses bras.

La folle énergie

Quand elle accompagne ses filles à l'école, elle fait souvent le chemin avec une voisine. Elles ont des discussions de mères dont les enfants courent devant trop vite, imprudemment devant les sorties de garage, au bord des trottoirs. Alors, dès le matin, elles soupirent, s'égosillent, prodiguent les premiers « Attention ! » du jour. Mais les enfants courent toujours, à peine sortis du lit. Jusqu'au seuil de l'établissement, dans le couloir, les escaliers, devant les portemanteaux.

Donc un matin, elles transposent, imaginent une analogie saugrenue qui les fait rire. Qu'en serait-il du monde si les mères avaient l'énergie inlassable et folle de leurs enfants et que, par exemple, elles galopaient jusque dans les bureaux, les magasins, les banques, cheveux au vent et veste à moitié tombée sur l'épaule ? Avec, à leurs trousses, des chaperons pour les retenir, leur crier dessus, rabâcher les mêmes interdits. Elles trouveraient ça tout bonnement insupportable.

Les chuchotements

C'est l'heure du coucher, dans une maison de vacances. Les cloisons sont très fines, les filles dorment dans la chambre mitoyenne, ou plutôt, chaque fois qu'il s'agit de dormir, ce sont d'interminables chuchotements qui s'égaillent. Une liberté autorisée parce que c'est les vacances et que c'est un sacré plaisir de chuchoter dans le noir, entre veille et sommeil, entre rumeurs et secrets. Les petites filles recréent le monde dans leurs messes basses ; les perspectives s'ouvrent larges devant, la vie ne fait que commencer ; d'amples balbutiements, des braises dans la nuit où l'on peine à entrer mais qui nous happe quand même avec son silence qui gagne les paroles du jour, qu'on a peut-être déjà dites quelques heures plus tôt, qui les nimbe d'un éclat mat, opalin, les transforme, les redore. C'est magique, c'est acoustique, les bruits de bouche, les syllabes qui saillent et les autres qui s'avalent, les consonnes qui claquent au cœur des prénoms qu'on susurre à l'envi parce qu'on n'a guère mieux. C'est toute l'histoire des filles qui murmurent leurs rêves dans le noir, comme s'il fallait s'échauffer, s'entraîner, répéter avant de plonger dans les songes que le sommeil réserve. Ça commence vers cinq ans puis ça ne cesse plus – enfin presque.

Elle essaie de penser à quand remontent ses derniers chuchotements, pas ceux de l'amour avec les hommes, mais ceux des filles seules entre elles, qui repassent leur vie entière dans ces apartés nocturnes : désirs cachés, honteux, souvenirs inavouables, comment tu ne savais pas ? je ne te l'avais pas dit ? mais si voyons ! non, vraiment, tout ce temps à l'aimer sans même qu'il me voie… Elle ne sait plus, elle ne date plus parce que ça remonte à trop loin. Parce que, à son âge, les femmes n'osent plus, ne se risquent plus à cette intimité-là, toutes ces confidences feutrées qui les engagent, les surexposent parce qu'elles sont mères, mariées, divorcées, remariées, résignées, qu'elles ont passé leur tour. Elle n'en a plus la moindre idée. Une nuit d'hiver peut-être, il y a cinq ans, avec sa cousine, après l'enterrement du grand-père, et encore, c'était forcé, hésitant, comme un hommage à tout ce qu'elles avaient pu se dire à quinze ans mais qui ne passait plus.

Pour la énième fois, elle leur demande de se taire, il est tard, il faut dormir, elles seront fatiguées pour faire du bateau, il faudra renoncer. Mais ses avertissements ne portent pas. Elle laisse passer, attend, s'impatiente, crie. Alors c'est son mari qui tonne. Cette fois, les murmures s'éteignent, à moins qu'ils n'aient couru se réfugier sous les draps. Elle regrette, se soupçonne d'être jalouse. Jalouse de ses filles qui grandissent et qui ont toute la vie devant elles tandis que ses chuchotements à elle gisent très loin derrière, au fond de la tombe du grand-père.

Celle qui la plaint si bien

Elle pourrait être sa mère mais justement ne l'est pas. D'ailleurs, elle n'a pas eu d'enfants, rien que des livres et des amants. Du coup, lorsqu'elle lui raconte sa vie, elle sait qu'en même temps elle l'admire et elle la plaint. Parce qu'elle mène tout de front, conjugue ses existences, ne s'arrête jamais. Elle se complaît dans cette image que l'autre lui renvoie, elle qui n'a jamais été mère et qui ne peut pas infliger à ses prouesses l'imparable « je suis passée par là avant toi » que manient si magistralement toutes les autres mères qui l'entourent, à commencer par la sienne. Et plus l'autre la couve, elle, la poule aux deux œufs d'or, à qui tout semble si bien réussir, plus elle raffole de cette gloire tronquée.

La voisine (I)

Quand elle la croise, elle est avide, lui pose toutes sortes de questions sur sa façon de s'y prendre, ses marques de lait, ses dates de vacances. C'est une jeune mère qui pousse avec plus ou moins de bonheur selon les jours. Un matin, elle la rencontre en bas de l'immeuble, la voit au bord des larmes mais, comme elles ne sont pas familières, elle ne lui demande rien, se contente de sourire en lui tenant la porte de l'ascenseur, prête à parier que, sitôt rentrée chez elle, l'autre éclatera en sanglots.

Le mouron

Le centre aéré va fermer. Elle arrive en dernier ; sa fille aînée, assise sur un banc, est là qui l'attend. Elle se dépêche, la prend dans ses bras, dit qu'elle a eu beaucoup de travail, qu'elle a couru, regrette d'être en retard. La petite ne bronche pas, ni fâchée ni menaçante, juste un peu fatiguée. L'atelier de poterie, boulangerie, la visite au Muséum… Merveilleux ! s'écrie la mère, encore tout essoufflée. Et sa copine si chère avec laquelle elle se réjouissait de passer la journée ? Non, elle ne l'a pas vue, juste un peu ce matin et vers la fin de l'après-midi. Ah ? Mais pourquoi donc ? Se sont-elles disputées ? Non, mais les animateurs les ont inscrites à des ateliers différents. La mère pâlit, elle qui, ce matin, est partie travailler le cœur léger en songeant que la petite aurait sa tendre amie pour viatique. C'est trop bête ! Elle aurait dû d'emblée signifier aux animateurs de ne pas les séparer. Elle bafouille, ne sait plus quoi dire, envisage l'immense tristesse de sa fille, s'en veut, songe qu'elle a dû se sentir seule, trahie, abandonnée. Tout à coup, les longues heures de la journée lui reviennent, sombres et oppressantes. Elle s'arrête sur le boulevard, s'agenouille pour déceler dans le regard de l'enfant toute l'affliction qu'elle imagine, scrute, cherche, mais en vain. La petite a le teint gai, l'humeur joyeuse ; elle est ravie d'avoir réussi à faire du pain. Et puis, elle s'est liée avec d'autres fillettes, s'est entichée d'un petit garçon de deux ans son cadet qu'elle a adoré protéger. Elle n'en revient pas. Elle se relève, reprend la main de sa fille et continue leur chemin sans un mot. Elle pense alors, presque dépitée, que les mères ont besoin d'imaginer leurs enfants souffrir pour exister, que le fameux mouron des mères est une nécessité vitale.

Plus tard, lorsqu'elle raconte l'aventure à son homme, elle est seule à s'émerveiller, à s'extasier devant l'aplomb de sa fille. Lui s'en étonne à peine, ne voit pas le problème, passe vite à autre chose tandis qu'elle, lors d'un dernier détour par la chambre, s'attarde au chevet de l'enfant endormie et, dans un souffle tendu, lui adresse ses plus tendres félicitations. Elle y met les formes car elle sait que dans cet aplomb, ce qui est en germe, c'est l'esprit d'indépendance qui, un beau jour, lui ravira sa petite.

Maison de famille

Elle n'a pas de maison, pas de maison à elle. Depuis toujours elle crèche – c'est le mot qui lui vient – dans des lieux divers. Tour à tour petits, bricolés, exigus, puis, avec les années, de plus en plus grands, partagés, spacieux, installés. Sauf que, maintenant, elle cherche une maison, une maison pour elle avec ses enfants, une maison pour ses enfants et les enfants de ses enfants. Une maison dont ils pourront dire que leur mère puis grand-mère y a vécu, souvent, le temps des vacances, dans ses vieux jours, jusqu'à sa mort. Ce n'est rien, une maison : un toit et quatre murs, de la peinture, des tuiles, du chauffage qui tombe en panne au beau milieu de l'hiver, des tablées qui recommencent matin, midi et soir. C'est beaucoup de contraintes pour la chercher, la trouver, la consolider, la remplir, y mettre sans arrêt la dernière touche. Des maisons, elle en a loué, elle en loue. Pour les week-ends, les vacances ou à l'année, pour habiter quelque part et changer quand ça lui plaît. Parce que c'est plus grand, plus fonctionnel, plus lumineux ou plus calme. Et, longtemps, elle a revendiqué cette mobilité, la croyance dure comme fer qu'elle avait des pieds et non des racines ; mais ça, c'était avant, avant les enfants, qui, forcément, l'entraînent vers un avenir où elle ne sera plus et la renvoient à ce passé qui ne lui a pas laissé assez de traces justement. Pas de linge empilé sur les étagères portant encore l'empreinte d'une grand-mère maniaque ; pas de vaisselle dépareillée par les changements de services ; pas de grenier à piller, pas de vieux bouquins vaguement érotiques. Alors, quand des amis l'invitent dans leur maison de famille, elle rêvasse, se surprend à penser que, comme eux, elle est née là, qu'elle a joué dans ce jardin et sous cet escalier. Elle les écoute évoquer leurs souvenirs, cette vieille tante un peu lesbienne qu'on a recueillie quelques mois parce que ses parents n'en voulaient plus ; ce mariage gâché par le vent. On lui raconte, elle écoute et, soudain, c'est sa maison. La chambre d'amis qu'on lui offre, elle s'imagine que c'est la sienne ; elle y retrouve ses rêves de petite fille et, pour un peu, on la croirait mythomane. Mais elle a trop besoin de toucher du doigt cette histoire qui la mène jusqu'à ses enfants, de la palper, de la humer. Ses fantômes nomades l'ont subitement mise en défaut. En défaut de lignée, de racines ; un mot qu'elle déteste mais qu'elle doit à ses enfants parce qu'ils l'ont rendue moins mobile. À présent, elle est comme le tronc d'un arbre auquel les branches doivent se raccrocher, une femme non plus portée mais qui porte. Oui, ce serait ça, sa maison. Et, à force d'éplucher tous les matins les petites annonces, elle pense qu'elle finira bien par la trouver.

Quand elle les couche

Toute la journée, elle est pleine de leurs cris, de leurs appels, de leurs ébats. Dans sa tête, ça fait comme un bourdonnement, des volutes de fatigue qui peuvent lui donner la migraine ou la transformer en vieille dame assoupie sur le canapé. Pour se donner du courage, elle songe qu'à la fin du jour elles iront dormir et que, alors, elle aura quelques heures de tranquillité. L'idée traverse sa journée sans qu'elle s'y arrête vraiment tant elle est prise dans le flux. Et pourtant, lorsqu'elle les a couchées, aussitôt elles lui manquent. Elle a les bras ballants, elle brasse un air vide de leurs gestes et de leurs voix.

Dans le calme du soir, sa tête se remet à bourdonner, mais ce ne sont que des échos et elle attend le matin avec impatience. Pour que ça recommence.

Le lait

Elle a organisé un dîner. Un jeune couple est là qui fête sa première sortie depuis la naissance de son bébé. Le nourrisson dort dans un couffin posé dans la chambre du fond. Le père et la mère se relaient à son chevet en marchant sur la pointe des pieds. Au salon, ils perdent souvent le fil de la conversation, le retrouvent, le perdent de nouveau, comme si ça disjonctait au compteur. Parce que le bébé couine, grogne, fait ses mille petits bruits au fond de la maison, histoire de déconcentrer des parents qui se forcent à dîner avec d'autres parce que ça se fait, parce qu'il ne faut pas donner l'impression qu'on est submergé, happé ; parce que le diktat, c'est que la vie continue, que les enfants s'habituent aux parents et non l'inverse, surtout pas ; qu'un nourrisson, c'est content de dîner en ville parce que ça fait de lui un nomade en puissance et que c'est important pour la suite.

Mine de rien, elle observe les jeunes parents, tour à tour timides et arrogants, et voit bien qu'ils n'en mènent pas large. Alors elle pose des questions au sujet des tétées, de la croissance, du lait. Bingo ! La jeune femme prend la parole avec une aisance inattendue, raconte par le menu les vicissitudes de l'allaitement, les crevasses, les litres de bière sans alcool, les graines d'anis, les conseils du pédiatre, sa joie intense malgré tout.

C'est un concert, une symphonie qui monte, des souvenirs qui se déversent : un fils qui n'aimait qu'un seul sein, une lymphangite avec une fièvre de cheval, un abcès en plein soir de Noël. L'une qui notait tout d'une main frénétique dans cet agenda autrefois réservé à ses rendez-vous d'affaires : la tétée de huit heures, celle de midi, de deux heures, deux heures et demie, quatre heures, huit heures, trois heures du matin ; en pleine nuit, elle se relevait pour écrire. Oui, vraiment, les biberons, quelle libération ! Une autre qui s'insurge aussitôt parce que le lait d'une mère, c'est la nature, donc il ne faut même pas se poser la question. Peut-être, mais que fait-elle des sanglots quand il manque, du poids qui stagne, du découragement ? Elle se rappelle encore ce mot qu'une puéricultrice a un jour inscrit dans le carnet de santé : « amaigri », un mot qui la fait mourir parce qu'elle voit son bébé dépérir à cause d'elle, que ses seins s'engorgent, que les biberons, elle croit que c'est du poison vitrifié, qu'heureusement, elle bataille, résiste et vainc. Autour d'elle, on fait pression mais elle, elle sent son corps plein, le lait qui monte comme une sève gâchée par l'ignorance des autres. Et ce fameux matin où, en plein entretien d'embauche, elle sent les auréoles blanches qui regardent, depuis son chemisier bleu, l'employeur en face d'elle, comme de gros yeux insultants, elle ne sait plus où se mettre, se cacher, parce qu'elle est là pour décrocher le poste de sa carrière mais qu'en même temps la montée de lait, c'est la vie en elle qui la rappelle à l'essentiel, son avorton qui la somme de rentrer au bercail, d'urgence, bravant tous les salaires et toutes les ambitions factices. L'embaucheur parle, décrit la société, l'organigramme et, devant lui, les auréoles font tache d'huile, s'étalent comme de merveilleux pieds de nez à son bagout. Elle a quarante-huit ans aujourd'hui, c'était il y a vingt ans, mais, rien que d'en parler, elle sent ses seins se durcir de nouveau.

Ce n'est plus un concert, c'est une criée : deux, quatre, six, douze, dix-neuf mois ! Rivalité de laitières qui font monter les enchères de leur générosité, qui claironnent leurs chiffres comme des bonnes notes, des chapelets d'amants ou des médailles parce qu'elles en ont bavé, que ça leur a coûté, tout ce lait dispensé, tous ces sevrages, que ça leur fait du bien d'en parler, de mentir, d'exagérer même après toutes ces années, même si la ménopause les guette et qu'elles sont ridicules face à la jeune accouchée qui ne dit plus rien depuis longtemps.

Tout comme elle, d'ailleurs. Elle les regarde, elle les écoute, débarrasse quelques plats mais elle ne veut rien manquer de cette folie.

À propos, comment ça s'est passé pour elle ? Elle fait le tri dans ses souvenirs, elle soupèse, compare. Lui revient alors cette intense sensation de malheur qui la saisit lorsque la bouche de son enfant engloutit le bout de son sein. Immédiatement, elle a l'impression qu'elle se dégonfle comme un ballon, que son air la quitte et qu'on lui prend sa vitalité. Un médecin invoque une réaction hormonale mais rien qui puisse la consoler de sa tristesse. Chaque fois qu'elle nourrit son enfant, elle a envie de mourir.

Disons que, oui, ça s'est plutôt bien passé.

La mère parfaite (IV)

La mère parfaite a comme elle un mari. Mais c'est un père parfait qui participe à l'intendance de sa famille, prend part aux travaux domestiques, ne rechigne pas devant les tâches ingrates. La mère parfaite en parle d'une manière volubile et démonstrative. C'est lui qui, bien souvent, emmène leurs enfants à l'école, suit leurs devoirs, leur achète même des vêtements à chaque début de saison : il coordonne, assortit, pourchasse.

Son homme à elle en serait bien incapable. C'est tout juste s'il peut les faire dîner en son absence. Ça nourrit sa jalousie, ses reproches, le sentiment qu'elle a d'être seule à tout porter, comme elle dit. La mère parfaite a le don de faire lever ses amertumes. Elle songe qu'elle s'est trompée d'homme et de père pour ses enfants, que sa plainte vient de là, parce qu'il n'a aucune pitié pour sa fatigue, son abnégation. Tout de suite les grands mots. C'est son théâtre de mère courage. Elle a immanquablement besoin d'être au cœur de la tragédie et, immanquablement, elle oublie que ce sont peut-être les manquements de ce père qui éclairent tous ses moments de plénitude.

Sa tête lourde

Elle entend leurs voix claires, elles viennent de se réveiller, elles jouent dans leur chambre. Leurs mots filtrent comme des rais de lumière dans sa tête encore ensevelie sous l'oreiller, dans ses rêves du petit matin, des saynètes ajourées, débraillées, qui sautent du coq à l'âne, qui foisonnent de personnages, de décors, et dont il ne lui restera que des bribes, quelques reliefs… Elle les entend qui parlent d'elle, prononcent son nom, « Maman », le chantent sur tous les tons : ce nom que ses enfants lui donnent et qui n'est pas le sien, qui n'est même pas un nom propre. Que nomment-elles d'elle lorsqu'elles le disent ? Quel visage ? Quelle époque ? Ce nom qui ne recouvre pas toute sa vie mais juste quelques années. Ce nom qui leur est réservé, qui n'a de sens que dans leur bouche. D'une certaine manière, avec tous ces mots qui la désignent, elle mène plusieurs vies simultanées.

C'est au jour qui se lève qu'elle doit cette acuité qui n'est pas tant intellectuelle qu'auditive, cette possibilité de réentendre les mots comme des sons, sans sens préétabli, sans évidence qui les habite, les précède. Parfois, d'ailleurs, elle repasse dans sa tête tous les prénoms des gens qu'elle connaît, surtout les proches, ceux qu'elle nomme mille fois par jour ; rien que des sons, plus ou moins heureux, doux, heurtés, tous arbitraires, sans connotation ni mémoire, aucun visage qui s'affiche, même pas celui des filles, nulle familiarité, des noms totalement étrangers en somme, une langue sans baptême. « Ma-man... » Ce sont les mères qu'on devrait baptiser, pas les enfants. « Maman ? » C'est bien elle, elle doit se lever, pour les embrasser, leur servir un petit déjeuner, les habiller. Sa tête lourde retombe. Sa gueule de bois sans ivresse.

L'orgueil

C'est un dimanche matin. Elle s'est levée très tôt, s'est soigneusement préparée, a secoué les filles pour qu'elles soient bien réveillées, d'attaque, mobilisées. Son homme traîne encore au lit, il dit qu'il veut dormir, il n'en est pas question. C'est jour de compétition. Sa fille aînée doit se battre et gagner. Elle ne lui dit presque rien à ce sujet, la laisse à son innocence, à son ignorance de petite fille qui n'a jamais concouru. Elle ne veut surtout pas l'effrayer. Elle meurt d'impatience, elle qui passe sa vie à mettre en sourdine l'admiration qu'elle leur porte parce que, chez les autres mères, elle trouve ça bête et vulgaire, la béatitude. Elle n'aime pas se vanter, n'a jamais crâné lorsqu'elle était plus jeune ; elle préfère les triomphes discrets, les trophées qui rasent les murs. Elle ne dit rien mais tout son corps est chevillé à cette fierté retenue qui la porte comme une colonne vertébrale. C'est son tuteur, cet orgueil pour ses filles. Sans lui, elle plie, ploie et tergiverse sur le sens de sa vie. Alors elle y va sans hésiter, belle comme un cœur, prête à recevoir tous les regards qui la féliciteront même si elle n'a rien fait, si c'est sa fille la championne, si elle n'y est vraiment pour rien. Mais si, mais si…

Le gymnase est prêt, les candidats, réunis en petits groupes juste après la pesée, sa fille poids plume, assise sur le tapis vert. Elle ne la quitte pas des yeux et, malgré les dizaines de kimonos blancs, elle distingue aussitôt le sien, comme s'il était noir corbeau, rouge sang. Ça y est, les combats commencent et sa fille fond en larmes. Elle ne veut pas se battre, elle a peur. Tout cet espace, ces tapis immenses, ces gens qu'elle ne connaît pas, elle veut partir, tout de suite. Mais ce n'est qu'un jeu, des enfants de son âge, de simples tatamis, rien de grave. Elle sanglote à présent, elle veut s'en aller. Alors, comme ils étaient venus, ils repartent, déçus et silencieux, n'osant ni la gronder, ni la menacer, ni même se regarder.

Plus tard dans la voiture, son mari la houspille gentiment. Elle n'a qu'à s'inscrire dans un club de judo, comme ça, les compétitions, elle pourra les faire elle-même et gagner si elle peut. Évidemment, elle s'en veut.

Ses jeunes filles

Régulièrement, elle colle des annonces pour recruter des jeunes filles qui garderont ses enfants pendant qu'elle s'affairera. Flora, Roxanna, Ulrika, Summer, Fatima et les autres. Elles viennent des quatre coins de la terre et sa maison se transforme en plate-forme cosmopolite ou, quand elle va mal, en hall de gare. Les filles vont et viennent, tantôt étudiantes de passage, tantôt femmes de ménage améliorées uniquement là pour payer leur loyer. Et, chaque fois, il faut nouer le contact pour qu'il tourne à l'affection : des sentiments qui n'en mènent pas large face aux billets de banque et à tout ce qu'elle attend d'elles. Des nounous pour ses filles, des nounous pour elle-même, capables de restaurer son enfance en veillant sur sa maison.

Au début, ça l'amuse, les nouvelles rencontres, les premières minutes à se dévisager, à tenter de débusquer la gentillesse ou la méchanceté, la confiance ou le mensonge, tous ces visages juvéniles au fond desquels elle retrouve son acné, ses regards fuyants, son envie de conquérir le monde avec trois francs six sous. Elle aime leur poser des questions, tester les réflexes, jauger les désirs, les loisirs de l'une, de l'autre, l'amour des livres ou du tir à l'arc. Et pourtant, chaque fois que ça commence, elle part au travail le cœur gros, lourd de tous ses doutes et de ses méfiances. D'autres voix lui reviennent, celles de femmes entendues de-ci de-là, qui claironnent qu'elles ne font pas des enfants pour les faire garder par d'autres, que c'est abject cette idée de payer quelqu'un pour vous remplacer. Ensuite, elle imagine le pire en regardant défiler les stations de métro : la baby-sitter faussement tranquille qui, dès qu'elle aura le dos tourné, se mettra à hurler ou à frapper ; la jeune fille de bonne famille droguée au dernier degré qui traînera ses enfants dans les quartiers mal famés pour acheter ses doses… Elle fait aussi des cauchemars qu'elle raconte pour s'en libérer mais rien ne la libère parce qu'au fond, elle sait bien que c'est son absence qui lui pèse, qu'elle y peut quelque chose sans y pouvoir grand-chose. Alors elle ronge ses ongles et incrimine la terre entière.

Son ennui

Le square est pavé de bons sentiments mais, lorsqu'elle regarde tout autour de l'aire de jeux, les visages ne sont que d'ennui. Les mères immigrées qui se retrouvent à dix plutôt que seules à ne rien dire ; le rabbin, plongé dans ses textes, qui lève un œil distrait sur ses enfants pendus à l'échelle ; les jeunes mères pimpantes venues chercher l'aventure au coin de la rue.

Elle a des années d'entraînement désormais et sait que l'attitude la plus courante d'une mère qui emmène son enfant au square, c'est le bâillement.

Le fils de seize ans

Elle en a entendu parler, souvent, et en termes élogieux, mais pour rien au monde elle n'ira. Elle n'ira pas voir ce film qui raconte un homme qui perd son enfant, même si l'histoire n'est pas vécue, même si ce n'est que du cinéma. Elle n'ira pas. Elle imagine une salle noire, quelque part en ville, où l'insupportable se reproduit de séance en séance, les mouchoirs imbibés, les mains crispées sur les bras des fauteuils en velours. Elle veut tout ignorer de ces scènes où la mère respire les vêtements dans la penderie, pleure sur des photos de lui, bébé, se souvient de sa peau, hume à s'en étouffer la vague odeur qui lui reste. Elle ne supportera pas, elle en est sûre, elle n'est pas suffisamment masochiste pour contempler cette horreur.

Et puis, un soir, un ami l'appelle, c'est l'été, il vient la chercher en Vespa. Elle y va le cœur léger avec sa robe à fleurs, comme si c'était une comédie américaine.

Elle s'installe dans la salle, la lumière s'éteint. Évidemment, elle pleure un peu mais le film n'en rajoute pas, joue la sobriété. C'est un garçon, il a seize ans, brun, sportif dans une ville italienne. Rien qui la ramène à son histoire si ce n'est qu'en fait de film, c'est le sien qui défile. Alors elle imagine l'adolescent petit, à l'âge de ses filles, quand il a toute la vie devant lui, et là, elle patauge et se noie. Dans la soie de la nuque, les replis des cuisses, la joie recommencée chaque matin de découvrir son regard, son sourire. Mais ça, le film ne le montre pas.

Décidément, c'est un bien mauvais film, jette-t-elle en quittant la salle comme on jette un sort à son pire ennemi.

Quand elle se transforme

On dit d'elle qu'elle a de la patience, les mots qu'il faut, des idées pour élever ses filles, bref, qu'elle est une bonne maman, mais ce qui l'assiège dans ces cas-là, ce sont toutes ces scènes clandestines, inavouables, celles qui échappent au qu'en-dira-t-on. Son visage noué comme une grimace durcie par le vent, celui des petites qui la regardent comme une défigurée. Le cri de Munch, son masque de femme d'intérieur qui se débat avec son hystérie de mère débordée. Elles ne veulent pas manger, elles désobéissent, elles sont lentes pour s'habiller, se déshabiller, monter dans l'ascenseur, suivre ses pas, se coucher. Ce n'est jamais dans la rue, jamais à l'école, dans les goûters d'anniversaire, les salons, ni même en présence de son mari, mais dans sa cuisine, dans la salle de bains inondée, leur chambre jonchée de culottes sales, quand elle est bien seule et qu'elle peut les prendre en traître. Sa voix quitte alors sa poitrine, sa gorge, et caracole dans sa tête ; stridente comme jamais. Elle n'a plus ni corps ni gestes, elle est un écheveau de cordes vocales tendues à l'extrême qui vrillent sur elles-mêmes, convulsent. C'est une fontaine de cris qui jaillit et l'hypnotise. Quand ça s'arrête, elle est presque groggy, anesthésiée ; elle revoit ses enfants à travers une vapeur, leurs yeux incrédules. Vite, elle se reprend, jure qu'elle les aime, les couvre de baisers, d'excuses, bredouille que maman s'est énervée, que la colère, ça part comme ça mais que ce n'est rien parce que ça retombe aussi vite, que, même furieuse, elle les adore, les aimera toute sa vie. Sauf que le monstre s'est installé dans la maison : une mère aux deux visages, tantôt douce, tantôt folle furieuse. À chacune de ses colères désormais, ses filles vont l'attendre au tournant, guetter l'instant de sa métamorphose.

La foi

Quand elle la rencontre, elle a quinze ans, elle sort d'un couvent, elle a un corps en forme de tige. Entre elles, c'est une amitié décisive qui commence. Elles passent de longues heures à parler de littérature et de peinture, jamais de garçons ni d'amour. Le corps n'a aucune place dans leur échange. Au contraire, elles font tout pour le gommer ; elles mangent peu, réfléchissent beaucoup, négligent leur fatigue et jouent les ascètes. Ensemble, elles projettent de devenir des intellectuelles. Pendant toutes ces années, elle nourrit un drôle de fantasme, celui d'avoir un jour un fils sans père. À vingt ans, elle s'imagine critique littéraire ou brillante universitaire, prodiguant des conférences aux quatre coins du monde, toujours entre deux avions ou deux livres, avec ce fils qui l'attend bien sagement, ne l'empêche jamais de dormir ni de penser, ne tombe pas malade, ne fait pas de caprices, ne réclame pas son père.

Des années plus tard, elle retrouve cette amie. Elle a quatre enfants, ne jure que par l'allaitement, le dévouement maternel, la joie de voir ses petits grandir. Elle ne s'explique pas le changement, ne comprend pas bien ce qui a pu se passer. Grossièrement, elle allègue la réparation, une enfance en manque d'affection, une mère trop raide, mais tout de même, une telle révolution, c'est à n'y rien comprendre. Dans un coin de sa tête, elle songe qu'elle a dû louper un virage parce que ses enfants à elle ne lui tiennent pas lieu de foi. Sans compter qu'elle n'est même pas devenue une intellectuelle et que les fils, elle ne sait pas les faire !

La césarienne (III)

Un jour, elle en parle à une autre mère du quartier. Elle la connaît à peine. Elles n'ont fait que se croiser au square, s'asseoir sur les mêmes bancs. Elle ne sait pas pourquoi mais elle a envie de lui dire. Sans doute parce que c'est une étrangère, qu'elle se fiche de son jugement.

Contre toute attente, les yeux fixés sur le toboggan, l'autre lui répond qu'elle a vécu la même chose. Cette sensation volée, elle connaît par cœur.

Le square va fermer. Elles se lèvent, échangent un regard vaguement consolé. Au moment de lui dire au revoir, elle bégaie : elle a l'impression d'avoir étalé son sexe au beau milieu des balançoires.

Le lit à barreaux

Un soir, ça lui prend, son homme n'est pas là pour l'aider mais tant pis, elle se lance. La petite n'aime plus dormir dans son lit à barreaux. Comme sa sœur, elle voudrait un grand lit. Elle déplace les meubles, s'arrache un ongle, se retrouve coincée dans le couloir entre le montant de la porte et le nouveau lit qui ne passe pas. Tenace, elle décide qu'elle y arrivera coûte que coûte et elle y arrive. Elle passe un coup d'aspirateur, déplie des draps propres, comme pour faire place nette. À quoi ? À sa fille qui grandit ? À son bébé qui meurt ? Quand vient l'heure du coucher, elle borde sa petite. L'enfant ne bouge pas, toute troublée par ce qui lui arrive. En la couvrant de baisers, elle refoule ses larmes et quitte la chambre.

Désormais, le vieux lit trône au milieu du couloir, comme une cage sans oiseaux. Quelques peluches encore accrochées aux barreaux la regardent aller et venir tandis qu'elle détourne les yeux. Chaque fois qu'elle passe pourtant, elle songe que ce lit ne servira plus. Elle n'est plus la mère d'aucun bébé. Ensuite, pendant des mois, elle ne se résout pas à le déplacer. Elle cherche une idée pour le transformer, lui donner une utilité nouvelle, tout plutôt que de s'en séparer.

Et puis un soir, elle rentre : le lit a disparu. Il en a eu assez, ça prenait trop de place, il l'a démonté, descendu à la cave. On n'en parle plus. Elle lui sait gré de son courage mais, dans les profondeurs de son immeuble, elle sait que gît désormais le cercueil de sa fécondité.

Leur père

Il rentre de voyage après plusieurs jours d'absence. Elle s'est occupée de tout toute seule, a imaginé des sorties, a fait les repas, les bains, les couchers, les repas, les bains… À la fin du week-end, elle est épuisée. Il rentre. Aucun élan pour l'accueillir lorsqu'il s'annonce, ouvre la porte, vient l'embrasser. Au contraire, elle a envie de hurler, de pleurer, de faire de sa plainte habituelle un spectacle extraordinaire, à la hauteur de son retour. Évidemment il la questionne. Elle fait des réponses laconiques, décrit les journées qu'elle a passées avec l'application pointilleuse d'une comptable. Et, de fait, ce sont bien des comptes qu'elle lui sert, une liste de créances qu'elle lui présente sitôt le seuil de la porte franchi, comme si ses efforts étaient chiffrables, son amour remboursable. Elle se déteste pour tant de mesquinerie, de duplicité. D'un côté, la spontanéité généreuse ; de l'autre, l'avarice arrogante. Et, entre les deux, son homme. Il est l'exacte ligne de partage, la frontière au-delà de laquelle les élans se retiennent, se font reproche, la mère reprend contact avec la femme promise à un autre destin. Car, lorsqu'elle fait les comptes, elle ne cherche rien d'autre qu'à quantifier l'impossible, ce temps – très improbable – qu'elle n'a pas pour être une artiste, une séductrice, une sportive, un cordon-bleu… Elle sait que tout lui serait plus simple si elle admettait, une bonne fois pour toutes, que l'excellence peut aussi prendre les traits d'une maman.

La contagion

Ça se passe dans les années soixante. C'est une belle femme dans la fleur de l'âge ; altière et fortunée. Elle accouche d'un fils qui fait l'admiration de tous pour ses grands yeux bleus, sa vivacité, sa tendresse. Sa mère est folle de lui. On l'appelle Gougui, un surnom crypté, auquel ne se raccroche aucun prénom courant. Comment s'appelait-il donc ? Plus personne n'en sait rien. Elle se contente donc de ce surnom bizarre, roulé en boule comme une conjuration, un tabou revendiqué qui aurait le don de protéger. L'enfant a été emporté par un mal de l'époque ; une coulée de pus lui a noyé le cerveau, comme ça, dans la nuit. Il avait cinq ans. Sa mère n'a pas eu d'autre enfant mais elle est devenue une sorte de tante idéale. Des qualités généreuses, une courtoisie sans égale, une douleur pudique, enfouie. Sauf que, lorsqu'elle la croise, elle ne voit guère que ça, sa douleur. Son regard posé sur les enfants des autres parmi lesquels elle cherche toujours le sien, sans cesse, plus de quarante ans après ; ce prénom qu'elle ne prononce plus jamais devant personne mais qu'elle doit savourer en silence, comme une douceur éternelle, une relique écœurante.

Sa mère à elle lui dit depuis toujours qu'elle n'aime pas cette femme, mondaine, onctueuse, comme ce prénom fondu sur sa langue ou cette coulée de pus, mais elle la trouve injuste, irrationnelle, presque stupide. Elle se révolte, prône la compassion. Jusqu'au jour où elle devient mère à son tour et qu'elle se met à comprendre cette violence, à la partager.

Car les mères qui portent des enfants morts traînent entre leurs jambes des boulets terrifiants qui forcent tout le monde à s'écarter sur leur passage. On redoute tout d'elles, leurs souvenirs, leurs silences, leur jalousie, jusqu'à leur capacité à reprendre goût à la vie ; on les voudrait mortes en couches, encloses dans le linceul de leur progéniture.

Elle hérite d'une haine avec l'assurance qu'elle aussi la léguera à ses filles. La haine des mères est contagieuse comme la mort des enfants. Mieux vaut changer de trottoir.

Leur ennui

Ils s'ennuient. Ses enfants s'ennuient et elle n'a pas envie de les divertir. Alors elle s'éloigne, s'allonge sur un transat et commence un nouveau roman. Les cris fusent, leurs réclamations incessantes à l'autre bout du jardin. Elle tourne les pages sans rien comprendre à l'intrigue, aux personnages. Mais elle tient bon, n'y est pour personne. Qu'ils se débrouillent. Car leur ennui, c'est, se plaît-elle à penser, l'espace qui sépare leurs désirs des siens, ceux qu'ils vont découvrir en cherchant, en trouvant le temps long ; c'est l'endroit où elle n'est plus pour eux, où elle ne leur suggère plus rien, ne balise pas la route, ne prend pas soin. Une autre manière de les sevrer.

Elle en est convaincue, pourtant son livre lui tombe des mains.

La fugue

Elle revient de la plage où elle est allée seule de bon matin. Elle a nagé longtemps, s'est endormie au soleil. Elle y a pris un plaisir intense, à peine voilé par l'idée qu'elle aurait dû emmener les filles, qu'il n'y a pas de raison qu'elles ne profitent pas aussi de ce petit moment de bonheur. Mais, dans le même temps, elle sait bien qu'elle y aurait été moins heureuse avec elles. Encore un de ces moments qu'elle vole presque impunément, pas totalement.

Elle est remontée lentement, en appréciant chaque pas sur le sentier de terre, chaque odeur, chaque point de vue sur la baie. Quand elle arrive, elle songe qu'elle va leur dire comme c'était beau, comme l'eau était claire, le sable chaud, elle prépare sa formule, « un vrai moment d'éternité ». Elle pose ses affaires, claironne les prénoms des filles. L'une se présente aussitôt mais pas l'autre. Elle l'appelle plusieurs fois, demande où elle est, reste calme. Elle entre dans la maison, se dirige vers les chambres, ressort, inspecte le jardin. Elle ne la trouve pas. Son calme commence à se craqueler, elle sent sa tête qui bourdonne, trop de chaleur emmagasinée certainement, résiste à l'inquiétude, encore une de ces parties de cache-cache, à coup sûr. Elle pourrait décider qu'elle réapparaîtra bien toute seule, se faire un café, mais le bourdonnement dans sa tête est de plus en plus aigu, comme un élancement, intenable. Elle fait les cent pas, demande, appelle, entraîne son mari dans sa quête : l'enfant a disparu.

Elle panique, elle sort de la maison, marche sur la route en criant le prénom, n'y croit pas, nage en plein cauchemar. La grande est avec elle qui pleure parce qu'elle a peur, bafouille que sa sœur est partie, perdue, morte. Elle lui hurle de se taire. Elle a deux filles, une qui marche sa main dans la sienne, l'autre qui a disparu. Elle ne voit rien sur la route que cette disparition comme une brume sur le goudron chaud. Sa fille réapparaîtrait dans la robe rouge qu'elle lui a mise ce matin qu'elle ne la verrait même pas car, à présent, c'est tout son corps qui bourdonne de son inquiétude, ses yeux qui n'y voient plus, ses tympans crevés. Elle marche avec la certitude que sa fille est morte, qu'elle n'en a plus qu'une, qu'il lui faudra s'y faire, que bien d'autres mères ont connu ça avant elle, ou, même, que la terre est peuplée d'enfants uniques, que ce sera difficile mais surmontable, qu'ils s'habitueront. Mais ses larmes la rattrapent, elle lâche brutalement la petite main de sa fille, elle s'en fiche, ce n'est pas celle-ci qu'elle cherche, que fait-elle dans ses pattes à être vivante tandis que l'autre se meurt ? S'arrêtera-t-elle de pleurer à la fin ? Qu'elle rentre à la maison ! Qu'elle la laisse errer seule sur la route, dans une battue de l'autre rive qui devrait la mettre sur la piste non plus d'un corps vivant mais d'une pelletée de cendres dispersées. Elle cherche sans savoir, au hasard, à l'aveugle, et sans cesse elle a cette idée fixe que ce doit être comme ça, une incinération, quand on disperse les cendres, qu'on ne sait pas où regarder, où nicher son attention, son mal, ça part dans tous les sens. Il faudra appeler la police d'ici peu, coller des affiches, interroger le voisinage, la décrire : blonde, cheveux bouclés, robe rouge, souliers bleus, barrettes à fleurs. À ce stade-là, ce n'est plus de description qu'il s'agit mais de signalement. Sa fille a disparu. Elle incrimine la terre entière dans son errance, elle imagine Œdipe perdu sur les routes de Grèce, Jocaste à ses trousses, toutes les mères en pleurs dans les tragédies de Racine, les tirades infinies, toutes ces douleurs auxquelles elle n'a adhéré que parce que les vers étaient puissants, mais, dans le fond, les sentiments, elle ne les a jamais trouvés très crédibles. La voilà à son tour, telle Andromaque délirante croyant au meurtre de son fils et se lamentant.

La brume s'est épaissie autour d'elle, elle ne sent plus ses bras. Ses jambes arpentent la route mais son esprit divague, elle va couler sur le bitume comme une flaque. Dans son brouillard pourtant, elle discerne la tache rouge qui, tranquillement, vient vers elle. C'est elle, sa fille perdue, morte, incinérée, dispersée. À son sourire, elle éclate en sanglots.

À ses pieds se forme comme une petite boue, une gadoue de larmes et de terre.

L'altérité

Elle a deux filles qui ne se ressemblent pas. L'une est grande, brune, les yeux sombres ; l'autre, petite, très blonde, le regard bleu. L'une est bavarde quand l'autre parle peu. L'aînée ne lui a pas causé de grande surprise au sens où c'est ainsi qu'elle l'attendait, se la figurait. Elle savait que ce serait elle en petite, qu'elle ne cesserait de reconnaître sa propre enfance à travers la sienne. Du coup elle pense que cette identité, si elle lui a procuré beaucoup de joie, lui a également joué des tours parce qu'elle ne l'a pas consacrée mère – grande sœur tout au plus. Au fond, elle s'imagine qu'être mère, c'est voir germer au fil des jours une pointe d'altérité. Et cette petite lumière étrange, effrayante, c'est dans le regard de la cadette qu'elle la décèle parce qu'elle est si différente, si inattendue. Si la maternité est une épreuve, elle commence donc là, quand son enfant n'est pas soi mais quelqu'un d'autre. En extrapolant davantage, elle songe qu'un fils, ce serait la consécration suprême.

Dans les mariages

La fête bat son plein. Les invités tournent autour du buffet, quelques enfants tirent sur la robe de leur mère ; les mariés vont et viennent pour vérifier que tout va bien. Le grand jeu. Tout à coup, devant elle, une autre jeune femme : son âge environ, une coupe de champagne dans une main, un biberon poisseux dans l'autre. Les mouvements de ses yeux ont la vitesse d'une mère qui veille, qui distingue son petit au milieu d'une mêlée d'étrangers, qui sait à la seconde près s'il s'est cogné, amusé, perdu. En deux mots, le contact est pris. Elles expédient assez vite les sujets d'usage, vous connaissez le marié ? non, la mariée ? vous êtes de la famille ? des amis d'enfance ? des collègues ? vous dormez à l'hôtel ? les chambres sont ravissantes, c'est mieux comme ça, conduire dans la nuit avec la fatigue, l'alcool, les petits qui braillent à l'arrière… À propos, combien en avez-vous ?

Les louves sont lâchées. On passe tout en revue : la différence d'âge, les caractères opposés, le goût pour l'école, le piano, les arts graphiques ; l'endroit des vacances, le style des grands-parents, leur disponibilité, leur fiabilité, leur pavillon, leur maison à la mer ; un troisième enfant en perspective, non, pas tout de suite mais le temps passe, si l'envie vient, c'est dans les prochains mois sinon il faudra se faire une raison ; oui mais la grossesse, oui mais le travail, oui mais l'horreur des couches, des journées à horaires, etc. etc. Chemin faisant, elles se croisent sur un tas de sujets, elles ont des vues très proches, une même façon de guider leurs enfants on dirait, et puis cet unanime sentiment de fatigue, de corps qui donne sans relâche, d'esprit qui veille, d'homme là sans être là parce que, avant tout, c'est leur place et qu'elles ont beau dire, quand les enfants partent quelques jours ailleurs, leur vie tangue : que faire ? avec qui ? à quelle heure ? les autres ont leurs enfants, les célibataires sont occupés parce qu'ils ne savaient pas, n'auraient jamais imaginé qu'elles puissent être aussi libres, elles auraient dû leur dire plus tôt, oui mais comment savoir, ces choses-là ne se prévoient pas vraiment, les grands-parents ont leurs caprices. Donc elles errent dans leur grande maison désertée, hantent la chambre, s'émeuvent sur un dessin inachevé, un pyjama jeté sur l'oreiller, un feutre débouché et qu'elles ne rebouchent pas, comme s'il fallait laisser les preuves, ne pas effacer leurs empreintes digitales, respirer leur présence à travers ses reliefs, ses menus dégâts à la surface des choses. Parce que dès que les enfants s'absentent du nid, ne serait-ce que quelques jours, elles imaginent la vie sans eux, leur disparition intempestive, et puis l'autre, la définitive, quand ils ne laisseront plus chez eux que quelques vieilles affaires démodées, leurs bandes dessinées ou leurs premiers flacons de parfum vides. La vie comme un long dimanche de juillet, quand le soleil est radieux, que tous les voisins sont en vacances, que les enfants s'ébrouent quelque part avec d'autres, sans elles.

Les mères ont un de ces plaisirs à s'acoquiner n'importe où, dans les couloirs des écoles, les gares, les mariages, le temps d'un soir, d'un voyage, d'une tasse de café, comme des enfants qui passent ensemble le meilleur moment sans jamais donner suite, parce que l'enfance permet de ne pas construire, de tout donner et de tout emporter, que les souvenirs n'ont encore pas beaucoup d'importance car la vie s'ouvre grande devant, inutile d'engranger.

Elles sont prêtes à s'échanger leurs numéros de téléphone pour se revoir un de ces mercredis avec les enfants, mais déjà les mariés ouvrent le bal. On les invite à danser. Elles se laissent emporter par le tourbillon de la fête.

À la fin, elles se diront juste au revoir à jamais et repartiront avec le sentiment d'être un peu moins seules à livrer leurs batailles.

La voisine (II)

C'est en hiver, il est tard. Elle rentre après une longue journée qui a dû se transformer en soirée de travail. En approchant de son immeuble, elle la reconnaît qui pousse sa poussette. C'est sa voisine qui sort promener son enfant dans la nuit noire. Elle l'interroge du regard. Ce n'est pas une heure pour sortir un bébé ; il fait froid, les rues sont désertes, le parc est fermé depuis belle lurette. L'autre la salue aimablement. Cheveux au vent, elle avance d'un pas alerte, conquérant, comme par un beau matin de printemps.

Interdite, elle cherche ses clés et s'engouffre dans l'immeuble.

Les petits scintillements

Un matin, elle l'appelle. C'est une amie lointaine. Au téléphone, elles commencent à parler d'un projet professionnel. Puis la voilà qui digresse. Vers ses filles qui sont là alors qu'il fait si chaud en ville, les cars de touristes qui polluent tandis qu'elle rêverait de les emmener au bord de la mer. Mais bon, avec son travail, c'est impossible.

Bah, quelle importance ! Sait-elle que les enfants s'adaptent à tout ? répond l'autre, les mères non, mais les enfants, oui, c'est certain, ce n'est pas si grave, et puis il y a tant de choses à faire avec eux dans les grandes villes : les expositions, les dessins animés, les ateliers créatifs, etc. Elle acquiesce, certes elle n'avait pas pensé à toutes ces idées. Alors, pour elle, attablée derrière son grand bureau qui soudain l'entrave comme une prison, cette conversation, c'est comme un souffle d'air dans une voiture qui donne la nausée. Elle respire, s'allège. Elle goûte l'humour, la sagesse de celle qui lui parle, qui a deux adolescents, qui sait ce que c'est les angoisses, les doutes, les terreurs. D'ailleurs, elle n'en a pas fini, ses fils lui donnent du souci, la drogue, les fugues, le mutisme, les nuits à guetter leur retour. À ça non plus elle n'avait pas pensé, elle est prête à s'effondrer en songeant à tout ce qui l'attend dans dix ans mais l'autre, tel un infatigable treuil, la remonte une fois encore. Une mère pour les mères, c'est l'effet qu'elle lui fait. Un cadeau du ciel, le velours d'une bonne conscience. Elle la rappellera sans doute avant la fin de l'été car elle lui donne tellement de courage. Sauf que, incidemment, et juste avant de raccrocher, l'autre glisse d'une voix légère que son cancer du sein récidive, qu'elle en a un peu partout à présent, sur les poumons, le foie, les os. En infimes quantités, « de petits scintillements », ont dit les médecins, mais il faut des soins intensifs.

Aussitôt elle enjambe la maladie, la chimiothérapie, les deux fils orphelins et ne pense qu'à une seule chose, comme une idée fixe qui la protège du pire : l'an prochain, au moment où les vacances scolaires débuteront, l'autre ne sera peut-être plus là pour l'écouter, la rassurer, la faire rire d'elle-même.

Telles des fées sur un berceau, ses précieuses petites misères veillent sur elle. Car, partout et en toutes circonstances, elle a besoin d'une vigilance de mère au-dessus de la sienne. Et si l'une des fées meurt, une autre, très vite, doit venir la remplacer.

Philosopher

Elle a plus de soixante ans, dit qu'elle a les enfants des autres pour combler ses propres manques et connaître les joies de la maternité mais, au fond, elle sait bien qu'elle ne sait rien. Or elle voudrait savoir, qu'on lui explique dans le détail. Alors elle lui pose toutes sortes de questions très intelligentes qui appellent réflexion, subtilité, sens de la formule. Pour une fois, il n'est question ni de méthodes ni d'astuces ou d'éducation. C'est de la philosophie qu'on lui demande, pas de la puériculture. À la limite, il pourrait s'agir de tout autre chose, d'une expérience métaphysique, d'une quête existentielle.

Elle se lance, trouve les mots, goûte l'abstraction, le recul, ébauche le sourire des gens qui énoncent des idées pertinentes, sauf qu'au beau milieu de son deuxième paragraphe elle divague : elle voit les yeux de sa cadette braqués sur les siens, elle entend leurs voix, leurs querelles et, sans crier gare, elle n'a soudain plus grand-chose à dire ou à penser. Son esprit patauge, bredouille, ses pensées se troublent. Elle a envie d'envoyer l'autre promener avec ses questions, de lui jeter au visage qu'elle est trop vieille pour comprendre, pas assez généreuse, qu'elle n'avait qu'à en faire des enfants si elle avait tellement envie de savoir. Elle voudrait se retrouver au milieu d'une assemblée de jeunes mères, parler biberons et stages de poterie, mais surtout pas disserter. Parce que justement, du recul, elle n'en a pas, elle a le nez dessus, dedans, l'odeur rivée à sa peau, les cris dans les oreilles. Alors, vraiment, elle se demande bien de quel discours elle pourrait être capable. Dans dix, vingt, trente ans peut-être, et encore ! Sa curiosité à elle ne sera jamais pure mais, toute sa vie, elle sera traversée par le doute, la peur, la mort. Tiens donc, la mort ! Au contraire, ne dit-on pas que les enfants protègent de la mort ? Non, qui le dit ? Personne ne dit des sornettes pareilles parce que toutes les mères savent d'évidence que les enfants, ça vous sert la mort sur un plateau. Et vlan ! Elle n'avait qu'à en faire, elle, des enfants !

La mère parfaite (V)

Dans la bande des mères qui arpentent les couloirs de l'école, elle en a élu une. Avec elle, elle discute des autres mères et, comme une hantise, la mère parfaite revient. L'autre aussi l'a remarquée, évidemment, mais elle se refuse à l'admirer. Au contraire, elle lui trouve des tas de défauts, critique ses manières, ses phrases, son sourire insupportable. Elle conteste plus que tout l'idée de perfection, dit que l'essentiel, ce ne sont pas les apparences mais sa manière d'aimer ses enfants.

Certes. Elle acquiesce, ne peut qu'être d'accord. Sauf que, au bout de la conversation, l'autre lui avoue qu'elle sort de chez son psychanalyste et que, de la mère parfaite, elle n'a cessé de parler.

Non grata

C'est une amie qu'elle rencontre à l'époque où elle découvre que les rapports humains passent par le sexe, une évidence qu'elle n'a pas mesurée jusque-là. Avec elle, elle goûte la gourmandise extrême jusqu'aux vomissements, les grasses matinées, les fesses des hommes et la danse, rien que de l'incarnation. Ensuite, elle continue son chemin sans elle parce que, d'enfants, celle-ci ne veut pas entendre parler. Elle n'a pas de place, tient à sa liberté de célibataire, résiste à la pression grandissante autour d'elle. Bref, lorsque, elle, elle a ses enfants, l'autre ne comprend plus rien, s'écarte, l'appelle de loin en loin, et leur intimité se fait cordialité. Sans se l'avouer, elle lui en veut de ne pas l'accompagner sur cette route, de la laisser seule à ses grossesses, ses gosses, sa fatigue. Elle lui parle de ses réveils en pleine nuit mais en vain ; l'autre n'a que ses journées qui commencent à midi pour lui répondre. Jamais elle n'aurait cru qu'avec elle, un jour, elle prêcherait dans le désert. Naïvement, elle pensait que c'était une amie pour la vie, qu'une telle complicité ne pourrait jamais souffrir d'aussi solides cloisonnements, que leur communauté de corps et d'esprit trouverait des prolongements naturels ; le sexe, la grossesse, les enfants : tout aurait dû s'enchaîner le plus normalement du monde.

Et puis, un jour, son amie tombe enceinte. Ça lui cause une grande joie, elle songe aussitôt qu'elles vont rattraper le temps perdu, qu'elles iront promener leurs petits dans le même bois, qu'elles organiseront des séjours à la campagne, des kermesses, des chorégraphies. Elle pousse à la roue s'intéresse, sollicite mais, chaque fois, ses efforts sont déçus. Son amie ne veut pas d'elle dans ses pattes de jeune mère, rejette le moindre de ses conseils, ne lui demande jamais comment c'était pour elle, lui récuse tout droit d'aînesse. En un sens, elle peut l'admettre ; elle sait combien c'est insupportable de s'entendre dire les choses avant de les avoir vécues et de regarder ses propres récits s'échouer sur tous ceux des autres. D'elle-même, elle décide d'écouter, de se faire toute petite. Sauf qu'elle n'y parvient pas longtemps.

Un dimanche matin, elle craque et raccroche brutalement, fatiguée de l'entendre gémir et de se composer un numéro de mère unique tandis que, elle, elle prône la solidarité. Or, avec son amie, c'est impossible. Elle ne veut pas être mère avec elle, n'entend rien à ce partage, le refuse en bloc. Alors elle coupe les ponts, décide qu'éventuellement, un jour ou l'autre, elles se retrouveront, tout en sachant que rien n'est moins sûr. Mais elle cultive le sentiment d'un vaste gâchis. Le petit de son amie, c'est le bébé d'une étrangère.

La voisine (III)

C'est un dimanche matin où elle est seule chez elle. Ils sont tous sortis. La maison est calme, une mer d'huile. Elle traîne, s'alanguit sur le canapé, picore quelques lignes de lecture. Mais ce qu'elle goûte le plus, c'est le silence. Énorme, cotonneux, presque irréel. Quand, soudain, un cri transperce ses murs. Elle se fige, glacée jusqu'à l'os. C'est un cri qui vient d'à côté, de l'autre côté du mur, quelques centimètres à peine. C'est la voix de sa voisine. Une voix aiguë qu'elle ne lui connaît pas. Au contraire, elle a cru remarquer qu'elle avait un joli timbre un peu rauque. C'est une voix de mère à bout et qui a la légèreté de penser que ses murs protègent sa folie, l'encagent. « Assez ! » hurle la mère à son enfant. Un seul mot, comme une menace avant le coup... Elle aurait pu ne pas l'entendre mais, à ses oreilles, il a sonné trop familier pour qu'elle le laisse filer. Tellement familier qu'elle en décrypte le chiffre secret. Elle sait que, dans ce cri, il y a l'appel au secours d'une mère qui se fait peur, qui se dédouble pour qu'une part d'elle sauve l'autre. Elle aurait dû sortir avec eux pour ne pas l'entendre. Elle a l'impression d'avoir écouté aux portes. Elle ne pourra plus la regarder dans les yeux, elle aura honte. Ou peut-être aurait-elle préféré que ses filles soient là pour qu'elles aussi entendent et comprennent qu'elle n'est pas la seule. Sur le même palier, une autre jeune femme fonde sa famille sur un terrain meuble ; une mère douce et affable qui, comme elle quitte souvent sa route.

De loin

Ses filles se pressent contre la fenêtre pour lui faire un dernier signe de la main. Elle monte dans la voiture avec son homme. Ils partent vivre quelques jours de vacances sans leurs enfants, qu'ils laissent à des grands-parents vaguement récalcitrants, vaguement obligés aussi. Tant pis, ils font mine de ne pas voir les réticences, surtout elle. Parce que cette liberté lui est trop nécessaire. Nuisible aussi quand il s'agit de revenir vers les petites. Au début, elle ne retrouve plus les gestes, s'énerve sur des choses évidentes, juste parce qu'elle a perdu la main. Elle ne sait plus se montrer responsable, ne supporte pas le poids des événements quotidiens. Elle réalise alors que sa maternité l'habille comme un costume dont elle sait se passer. De là à penser qu'elle pourrait le faire… Elle ne franchit guère ce pas qui l'effraie, préfère songer que c'est un luxe estival, une simple escapade.

Elle répond intensément aux gestes de ses filles à la fenêtre, leur envoie des baisers ardents, consolateurs, tout son amour, mais, pour rien au monde, elle ne changerait sa destination. Pourtant son cœur se serre : elle se souvient que, enfant, quelques jours loin de sa mère avaient le don de consacrer sa noyade.

Mrs Dalloway

Ça lui rappelle sa peur lorsqu'elle prend l'avion. Elle a beau être mère et les aimer très tendrement, sa générosité s'arrête là où sa propre mort menace. Tous les ans, l'été revient, les journées ensoleillées, les bras nus, les sandales, l'odeur de l'amour. Dans la rue, les regards fusent, des hommes s'émoustillent sur son passage. On l'appelle, on l'invite, on la tente. Et elle ne pense qu'à une chose, faire garder ses enfants, organiser des relais pour pouvoir enchaîner à ses journées dehors des nuits sans sommeil. Elle change de peau, se fait plus légère et volage. Elle ne veut plus rentrer chez elle ; ses enfants qui l'appellent, à qui elle manque, n'ont pas la force de rivaliser avec ses petits frissons. Comme lorsqu'elle sent les secousses de l'appareil, qu'elle s'imagine qu'elle va mourir dans la seconde.

Elle retrouve sa jeunesse, sa démarche un peu chaloupée, et toutes ses réticences se dissolvent dans l'air. C'est Mrs Dalloway qui prépare sa soirée en traversant le parc St James, avec l'allant d'une conquérante que ni l'âge ni la nostalgie n'entravent plus.

La mère parfaite (VI)

L'école est finie depuis des semaines mais, désormais, elles n'ont plus besoin des enfants pour se voir, elles sont amies. Elles découvrent qu'elles aiment traîner ensemble, comme deux célibataires, en laissant leurs petits à d'autres. Elles prennent de la hauteur, hissent leurs regards au-dessus de la tête de leurs enfants, comme une maîtresse qui compte et recompte pour vérifier qu'il n'en manque pas. Elles, elles comptent à rebours, remontent le temps, enjambent les années pour revivre ensemble une adolescence où elles ne se sont pas croisées mais où elles se seraient forcément entendues. L'idée leur plaît. Elles éprouvent même une gratitude tacite à l'égard de ces petits qui les ont aidées à se rencontrer.

Et les voilà assises à onze heures du soir sur les marches d'un escalier, à deux pas de l'école, des boîtes de pizzas chaudes en train de leur brûler les genoux. Elles sont affamées, elles n'ont pas honte, elles se conduisent comme deux touristes un peu frustes en plein cœur de leur ville. Elles mangent goulûment, avec les doigts, se racontent entre deux bouchées. Puis, brusquement, elles imaginent que la mère parfaite aurait un chien et qu'elle viendrait le promener en bas des marches, à leurs pieds. Elle lèverait la tête, les surprendrait en train d'engloutir leurs pizzas huileuses en se léchant les ongles, en gloussant.

La scène les fait éclater de rire. Elles se croient tout permis, s'inventent une audace de mères libérées, mutines, dégagées des obligations familiales. Ça les exalte. Plus tard dans la nuit, lorsqu'elles marchent dans les rues, des garçons les interpellent, les draguent. Elles ne cillent pas, affichent un air de statue mais, au fond, elles jubilent, se sentent comme des jeunes filles. Elle leur sert aussi à ça, la mère parfaite, à glorifier leurs imperfections, leurs boutons d'acné lorsqu'elles la croisent à la sortie de l'école, pimpante avec sa ribambelle. Elle donne une démesure à leurs si petites transgressions.

Le dernier barrage

C'est courant, elle se l'entend dire tous les jours ou presque. Quand les enfants s'agglutinent autour d'elle, s'agrippent à son corps un peu las ; quand ses nerfs sont en pelote et s'accommodent si mal de leurs à-coups, de leurs gestes désordonnés, brutaux, qu'elle n'a qu'une envie, les planter là pour se réapproprier l'espace autrement, sans eux. On lui dit sur tous les tons qu'elle doit en profiter, que, très vite, ils vont s'éloigner, aller vers d'autres corps, enlacer d'autres épaules, que leur adolescence, c'est demain. On lui en rebat les oreilles mais elle, elle n'entend pas. Elle ne peut tout simplement pas s'imaginer ce temps terrible et affolant où ses enfants ne seront plus capables de lui signifier leur amour, leur manque, leur abandon. Avec son esprit, sa raison, elle sait qu'un jour elle sera cette mère délaissée mais sa chair tout entière récuse l'avertissement parce que, dans cette perspective, elle devine la mort qui se profile. Autrefois, lorsqu'elle n'était que l'enfant de ses parents, elle s'endormait là-dessus et sa nuit l'emportait comme un orage. Depuis qu'elle est mère, cette pensée ne la dévaste plus car elle a son barrage. Et elle n'a pas besoin des autres pour être certaine que ce sera le dernier.

Ses pénates

C'est un soir, juste après l'orage. Son amant vient de la renvoyer pour toujours à ses pénates. C'est là qu'elle va. On l'attend. Elle erre. Ils n'ont sûrement pas dîné, jamais sans elle. Elle a l'impression que son visage ne lui appartient plus, qu'il s'est fracturé, dédoublé, que cette sensation la tire en avant. Alors elle manque mille fois de trébucher pour le rattraper, le trajet ne lui a jamais paru plus long.

Quand elle arrive, ses doigts tremblent sur les clés. Elle pourrait tout planter, fuir dans l'escalier. Au lieu de ça, elle entre, jette son sac, clame un tonitruant bonsoir et court à la cuisine. Son visage manque cette fois de se liquéfier au-dessus des assiettes qu'elle dispose sur la table ronde. Hébétée, elle n'a plus qu'une chose à faire, préparer le dîner.

Les joues

Une nuit, elle rentre tard. Son homme est avec elle mais ils n'ont pas les mêmes rituels. Elle, dès qu'elle franchit le seuil de la maison, elle a son parcours. Lui va directement se coucher. Elle enlève ses chaussures pour ne pas faire de bruit, paie la baby-sitter, la congédie, puis elle entre dans leur chambre. Pour les couvrir, les remettre à peu près droit dans leur lit, mais ce sont des prétextes, tout ce qu'elle veut, c'est les regarder dormir. Autrefois elle a lu et relu les pages sur Albertine endormie, mais jamais l'amour d'un homme ne lui a procuré cette joie-là. Ce n'est pas faute d'avoir cherché le visage, de s'être réveillée en pleine nuit pour pouvoir l'observer, divaguer, mais, chaque fois, quelque chose cloche, une barbe naissante, des joues caves, des rides, l'haleine. Bref, elle n'a jamais pu s'ébahir comme elle le fait depuis qu'elle regarde les joues de ses filles, leur surface douce, bombée, leur tendre abandon sur le drap de coton. Alors elle se couche doucement, aux côtés tantôt de l'une, tantôt de l'autre, et elle regarde. Elle s'y enfonce comme dans du beurre, de la brioche, toutes ces choses comestibles en quoi elle voudrait parfois les transformer parce qu'elle se sent cannibale. Une mère peut manger la chair de sa chair, elle en est persuadée. Pas besoin de la colonne des faits divers ou des curiosités ethniques pour l'en convaincre, elle connaît trop ces assauts-là. Dès la naissance, peut-être pas, mais très vite après. Quand la chair est devenue plus douce, plus dodue et plus offerte ; quand une mère passe des heures à l'enduire, la palper, la sentir. Quand les mots ne sont pas assez forts pour dire ce besoin d'incorporer, d'avaler, de posséder à jamais ce qui cause le plaisir. Ce sont des accès, des élancements violents qui poussent certaines au crime. Oh, pas elle, qui se contente de rester dans le noir, sans bouger, à simplement regarder. Ses filles non plus ne bougent pas, tressaillent à peine. À la limite, elles sont comme mortes. Évidemment, ce genre d'extrémité la traverse parce que l'imagination du pire accroît le plaisir qu'elle prend. C'est d'ailleurs toujours à cette pensée qu'elle se redresse et sort de la chambre.

Quand, à son tour, elle se couche, elle revoit les joues qui se soulèvent comme des soufflets glacés, des nénuphars qui palpitent sous l'ondulation.

Elle a déjà tout oublié

Quand de jeunes mères l'interrogent sur les intervalles entre les repas, les vitamines ou le sommeil paradoxal, elle ne se rappelle plus. Des choses lui reviennent mais rien à voir avec la précision, l'acuité, le recueillement des premiers mois. Elle est déjà loin devant. Ça s'est passé par étapes, progressivement, au fil des ans. Elle pense qu'avec leurs enfants, les mères passent par des âges qui n'ont rien à voir avec leur date de naissance. Et de la même manière qu'un enfant de deux ans ne peut pas jouer avec un bébé de six mois, leurs mères respectives auront du mal à s'entendre ; elles n'en sont tout simplement pas au même stade de développement.

Ce qui a éclipsé les guerres, les tempêtes et la mort des autres, elle l'a complètement oublié. Pff ! Envolé ! À cette époque pourtant, elle notait tout sur des carnets, les heures de repas, les irritations de la peau, les gazouillis, les tout premiers mots. Mais, aujourd'hui, ses archives sont muettes. Elle pourrait relire mais ce serait comme si elle découvrait les notes d'une autre. Elle n'essaie d'ailleurs même pas.

Un jour, elle rend visite à une jeune amie qui promène délicatement son nourrisson sur son épaule langée. Elle regarde la scène avec un brin d'émotion, mais un brin seulement, car elle n'en revit rien. Elle se souvient à quel point tous les autres, même les plus proches, restent en dehors du cercle, indifférents et inaccessibles. Elle n'essaie pas de faire semblant, elle n'est pas dupe de sa propre réserve. Et puis, brusquement, on lui pose des questions, et dans son esprit le brouillard tombe. Ça lui ressemble si peu. Des traînées de vapeur passent sur tous ces mois dissous. Parce qu'elle a tout oublié, à la manière d'une pauvre vieille, victime d'une absence – rupture d'anévrisme ou sénilité galopante ; de ces mères que leurs enfants abandonnent aux portes d'une maison de retraite. Ainsi va la vie des familles, étreintes et abandons. Et quand la pauvre vieille reçoit les visites de ses rejetons, elle est toute à son absence, ne les reconnaît plus, ne réagit pas lorsqu'ils disent leur prénom. Les traces sont effacées.

Sur le moment, ça lui fait le même effet. Et aussitôt elle se sent coupable d'une négligence qui prend des allures de gaffe existentielle, une faute toute bête, apparemment toute petite, mais qui l'engage comme un destin.

Un semblant de vérité

Qu'elle soit dans un dîner ou dans les bras d'un homme, elle se rend bien compte que toutes les relations humaines ont leurs limites : se présenter sous son meilleur jour, peaufiner les masques pour mieux servir ses intérêts. Elle n'a plus d'illusions là-dessus, ce qui ne lui évite ni la déception ni le sentiment d'avoir été trompée. Alors elle se réfugie auprès de ses filles, parce que cet amour-là n'a pas d'arrière-pensée. Elle ne leur joue aucune comédie. Elle a beau chercher, se méfier, inspecter les replis de son affection, elle ne décèle rien de douteux. Quoi qu'elle leur reproche et quoi qu'elle redoute, elle sait qu'elle les aime d'un seul tenant, en bloc et pour toujours. C'est un désir sans cesse pris à la source et qui n'a pas besoin du manque pour se raviver. Malgré ses crises, elle a pour ses enfants un appétit constant.

Elle tient peut-être enfin l'argument massue qu'elle cherche en dressant ses indécidables colonnes. Rentrer chez elle, c'est quitter la singerie du monde pour retrouver un semblant de vérité.

COMPOSITION : PAO EDITIONS DU SEUIL

GROUPE CPI

Achevé d'imprimer en avril 2003 par
BUSSIÈRE CAMEDAN IMPRIMERIES
à Saint-Amand-Montrond (Cher)
N° d'édition : 60413. - N° d'impression : 031926/1.
Dépôt légal : mai 2003.
Imprimé en France